엄마 마음

두 번째 이야기

엄마 마음

두 번째 이야기

펴낸날   초판 1쇄 2019년 3월 15일

지은이   최윤주
펴낸이   서용순
펴낸곳   이지출판

출판등록   1997년 9월 10일 제300-2005-156호
주 소   03131 서울시 종로구 율곡로6길 36 월드오피스텔 903호
대표전화   02-743-7661   팩스 02-743-7621
이메일   easy7661@naver.com
디자인   박성현
인 쇄   (주)꽃피는청춘

ⓒ 2019 최윤주

값 15,000원

ISBN 979-11-5555-102-8 03810

이 도서의 국립중앙도서관 출판예정도서목록(CIP)은 서지정보유통지원시스템 홈페이지
(http://seoji.nl.go.kr)와 국가자료공동목록시스템(http://www.nl.go.kr/kolisnet)에서 이용하실
수 있습니다.(CIP제어번호: CIP2019005658)

엄마 마음

두 번째 이야기

최윤주

이지출판

8년의 세월이 흐른 후

8년의 세월이 흐른 후 다시 펴낸 《엄마 마음 – 두 번째 이야기》는 나에게 기쁘고 행복한 환희를 안겨 주고 있다.

《엄마 마음 – 첫 번째 이야기》는 아들의 어린 시절 영국 유학길이 너무 애잔하고 사무친 그리움과 걱정으로 써내려간 엄마 마음을 모아서 펴낸 책이었는데, 그 글들이 아들에게 유학 생활의 든든한 버팀목과 길잡이가 되었다고 한다.

아들의 고등학교, 대학교, 대학원을 엄마 대신 푸근하고 건강하게 잘 지켜 주고 키워 준 영국을 난 사랑스럽고 보배스러운 나라로 기억할 수밖에 없다. 그 후 미국으로 건너가 로스쿨 졸업 후 뉴욕 변호사가 되었고, 법학박사학위까지 취득한 후 지금은 한국에서 국제변호사로 멋지게 활동하고 있는 아들과 나는 지금도 이메일로 꾸준히 대화를 나누고 있다.

그 글들이 이 책의 산실이 되었다. 책이 나올 수 있도록 도와준 나의 딸은 뉴욕에서 의사로 활동하고 있으며, 엄마를 정신적으로 많이 지지해 주는 친구이자 동지애를 느끼게 하는 사랑스런 딸이다. 뉴욕에서 자기 사업 꼼꼼하고 야무지게 펼치고 있는 든든한 사위도 나에겐 큰 보물이고 전폭적인 지지자이기도 하다.

두 손자는 할머니인 나에겐 사랑과 행복을 펑펑 쏟아 주는, 평생 영양제 역할을 해 주는 활력소이자 엔돌핀이다.

평생 반려자인 남편은 모든 것을 사랑으로 감싸안으며 전폭적인 지지와 격려로 용기와 힘을 주었고, 평생 사랑과 이해와 배려라는 큰 선물을 안겨 주며 인생의 달콤함을 느끼게 해 준다. 이런 남편의 헌신적인 외조가 있었기에 순조롭게 이 책을 다시 낼 수 있게 되었다. 모든 가족에게 깊이 감사드리며, 어설프고 부끄러운 글솜씨지만 또 책을 펴내는 내 마음은 행복으로 불타오르고 있다.

감사합니다.

2019년 3월

최 윤 주

차 례

2011

먼발치에서도 느낄 수 있고 감지할 수 있는 색의 변화에서 가을의 문턱을 제대로 넘고 있음을 알 수 있는 요즈음이다. 남산에 푸르던 잎들이 갈색으로 아님 붉은색으로 변해 가는 것이 제법 눈에 띄는구나. 그 색조들이 깊어지고 나면 모두 다 떨어질 잎새가 되지 않을까. 그러면 마지막 계절 겨울을 맞게 되겠지. 그렇게 일 년이란 시간은 또 우리를 세월 속으로 보내는구나. 시간은 흘러가는 게 아니라 채워 가는 것이라 했거늘…. 그래서 가을은 생각할 수 있는 마음의 여유와 매사에 감사함도 느낄 수 있도록 자신을 채찍질해 볼 수 있는 아름다운 계절인 것 같다.

2011년 9월 22일

어지럽고 산만했던 여름도 가긴 가더구나. 조화를 맞출 수 없을 만큼 그리도 나대더니….

슬며시 와 버린 가을도 막바지 무더위에는 맥도 못 추더구나. 혹시나 했는데 잊지 않고 곁에 와 준 가을이여, 정말 사랑한데이.

언제부터인지는 몰라도 가을만 되면 스산해진 마음이 온통 사랑으로 바뀌는 경험을 했고, 보이는 모든 사물이 아름다움의 극치를 치닫고 있음도 알 수 있었고, 한잎 두잎 떨어지는 잎새에도 가슴 아파하며 애절하게 겪었던 그 아픔을 즐기기도 했던 그런 아름다운 시절이 있었기에, 난 이리도 가을을 황홀한 계절로 맞고 있는지도 모르겠구나.

어쨌든 가을은 날 흥분하게 만들고, 지나가 버리는 가을을 막을 수만 있다면 꼭 막고 싶은 간절함이 나에겐 있단다.

오색으로 물든 고운 색도 너무 예쁘지만, 잉크물을 풀어놓은 높은 하늘도 날 반하게 만들고, 대롱대롱 매달린 끝물 열매는 우리 인생을 대변해 주는 역리사 같지 않을까.

어쨌든 예쁘고 좋다, 가을이. 그리고 너희들이.

엄마와 아빠는 너희로 인한 많은 일들로 무척 행복하다.

아들 딸이 있었기에 쓸 수밖에 없었던 소중한 글들이 한 권의

8

책으로 나와 많은 이들에게 과찬을 받고 있어 우리를 행복하게 하는구나.

그래서 이 가을은 더없이 아름답고 황홀하다.

고맙다. 너희들이 있었기에 가능한 큰 기쁨과 행복을 엄마 아빠는 맘껏 누리고 있단다.

잘 자라주고 지금도 잘하고 있는 너희들에게 찬사를 보낸다.

고지(高地)의 끈 놓지 말고 더욱더 단단한 기둥이 되었으면 한다.

한치도 허트러짐 없이 시간을 잘 활용하면서 멋진 앞날을 꿈꿔보자.

그 꿈 이룰 수 있는 기도는 엄마가 해 줄게.

사랑하는 아들 딸에게 아름다운 가을날 씀

두 번째 이야기

혹시나 해서 두근거리던 마음이, 화면에 나오는 아들을 보는 순간 '고맙다'는 말이 절로 나왔다. 그 마음을 아들은 이해할 수 있을까?

띵띵하고 퍼진 모습일까 봐 마음 졸였는데, 그날 비친 아들은 열심히 게으름 없이 최선을 다하고 있는 모습을 보여 주는 것 같아 기뻐하는 엄마 마음을 느꼈으리라 생각한다.

아들아, 한 달 정도에 달라진 네 모습에서 고단함도 보았지만 열심이었고 생각과 의지도 강했음을 엄마는 읽을 수 있었단다.

혼자 살면서 자신을 컨트롤할 수 있다는 건 아주 힘든 일이기에 무한한 찬사를 보낸다.

결국엔 자신이 자신을 얼마만큼 사랑하고 관심있게 보듬어 주느냐에 따라 결과는 따라와 주는 거란다.

한치의 의심 없이 행하기만 해도 우리 몸과 마음은 다 알아서 표출해 주는 것…. 지금에 안주하지 말고 계속적인 관리 게으름 없이 지속해 주길 간절히 바란다.

멋진 그날 자신의 미래를 위해서 우리는 건강과 자신에게 꼭 투자를 해야 한다고 생각한다.

골프, 헬스, 식습관, 모두 다 끊임없이 게으름 없는 생활 꼭 부탁한다. 성취하고자 하는 공부는 기본이겠지만 건강은 더욱더 중요하기에 엄마는 오늘도 너에게 수선을 떠는지도 모르겠구나.

드높은 가을 하늘의 새파란 천에다 내 마음 마구 실은 그림이나 날려 볼까 하노라가 절로 나오는 계절이다.

알알이 모든 게 다 영글어 가는 이 좋은 계절에 우리도 몸과 마음 알차게 관리해 보고 투자해 보는 것도 가을치레에 걸맞지 않을까 한다. 늘 생각하면서 자신을 관리할 줄 아는 멋진 아들에게 파이팅 해 본다.

강화도 보문사에 계신 관세음보살님께선 오늘도 흐뭇한 미소로 우리를 감싸안아 주시리. 엄마가 확인했단다.

핸섬해진 아들에게

먼발치에서도 느낄 수 있고 감지할 수 있는 색의 변화에서 가을의 문턱을 제대로 넘고 있음을 알 수 있는 요즈음이다.

남산에 푸르던 잎들이 갈색으로 아님 붉은색으로 변해 가는 것이 제법 눈에 띄는구나. 그 색조들이 깊어지고 나면 모두 다 떨어질 잎새가 되지 않을까.

그러면 마지막 계절 겨울을 맞게 되겠지.

그렇게 일 년이란 시간은 또 우리를 세월 속으로 보내는구나.

시간은 흘러가는 게 아니라 채워 가는 것이라 했거늘…. 그래서 가을은 생각할 수 있는 마음의 여유와 매사에 감사함도 느낄 수 있도록 자신을 채찍질해 볼 수 있는 아름다운 계절인 것 같다.

맘껏 취하고 젖어 보고 싶은 낭만의 계절에, 아들과 노란 은행잎 살포시 밟아가며 바람에 흩날리는 은행잎 맞으면서 걷던 덕수궁 그 뒷담길, 생각나니?

그날 우린 스님이 그리신 '옛 동산'이란 그림을 샀는데…. 문득 그날이 생각난다. 가을을 정말 좋아하는 엄마는 유독 가을의 일들만 생각나는 가을 여자이고 싶다.

어찌 지냅니까, 우리 아드님!

제한된 시간만이 공부할 수 있는 인생의 마지막 기회를 어찌

어떻게 보내는가요.

　이젠 엄마의 걱정 없이도 아주 잘하고 있을 아들이기에, 예전만큼 불안하지도 않고 든든하기만 한 건 어이된 일일까요.

　그만큼 아들이 매사를 잘 관리할 것 같아 지속적인 꾸준함만 꼭 부탁하고 싶은데….

　잘해 줄 거라 믿고, 엄마는 아들에게 고마운 찬사만을 보내고 싶다.

2012

자식 앞에서 소리를 지르거나 화를 내는 건 소리 없는 권총과도 같은 것, 서로 조심하길 바란다. 좋은 가정, 행복한 가정이란 한쪽이 기울면 한쪽에서 보듬어 줄 수 있는 넓은 아량과 이해가 필요하며, 상처 주는 일 없이 한 발짝씩 물러설 줄 아는 지혜도 큰 보탬이 된단다. 지혜로운 우리 딸, 남편과 함께 화목하고 사랑이 넘치는 가정과, 아이들 교육도 훌륭하게 키워 보렴. 아마 세상에서 최고가 되는 가정과 자식들이 될 거란 걸 엄마는 확신하지. 그날을 위해 우리 딸, 우리 사위 파이팅!

어느 누구랑 있어도 제일 폼나는 우리 아들.

어떠한 배경에 서 있어도 구도가 아주 멋진 우리 아들.

그런데 학교에 수북이 그리고 드넓게 쌓여 있는 눈들을 보니까, 물론 그 속엔 낭만도 있고 재미도 있고 겨울을 느낄 수 있는 현실감도 있겠지만, 엄마는 외로움과 그리움을 느꼈단다.

북적됨이 없는 한적한 시골마을에 너무도 평온함에서 오는 그리움 속에서 아들을 그려보았다. 그리곤 너무도 보고싶었다.

꼭 안으면서 해 주고 싶었던 말 "외롭고 많이 힘들었지"라고. 이런 마음이 엄마 마음인가 보다.

아들은 그냥 멋진 눈덮인 경치 사진만 보냈을 뿐인데, 그 속에서 아들의 여러 마음을 헤아리게 되더구나.

꿋꿋이 잘 견디며 자신의 일과 공부며 미래 계획도 잘 세워 나가는 아들인데도 말이다.

그래서 엄마는, 부모는 다르단다, 자식들에겐. 낭만이 부르는 그런 환경 속에서 생활하며 공부할 수 있는 것도 때가 있고 기회가 있는 것이기에, 그 기회 놓치지 말고 맘껏 누리며 모든 것을 최상으로 올려놓는 찬스로 만들어 보는 것은 어떨까, 아들아.

잡생각 없이 평온 그 자체에서 나에게만 투자할 수 있는 유일한 시간을 최대한 활용한다면 근사한 인생의 작품이 나오지 않을까? 평생 느끼며 만끽할 수 있는….

다음 주에 간다는 필라델피아에서도 좋은 결과에 좋은 이미지 잘 전달하고 왔으면 좋겠다.

물론 안전 운전에 행복하고 보람된 필라델피아 방문이 될 거라 믿는다.

아들이 행복할 수 있고 기쁠 수 있고 건강하게 잘 될 수만 있는 길이라면, 엄마는 기꺼이 그 길을 택하리라.

매일매일 아들 생각에 보고픔에 그리움 속에서 살지만 머지않은 아들의 축복된 삶을 꿈꾸는 엄마의 기도는 오늘도 내일도 끝이 없다네…. 건강도 잘 챙기는 멋진 아들이길 바라며.

아들이 자고 있을 시간에 엄마가

이젠 봄기운이 감돌려나…. 추위는 아직 맴돌고 빠질 생각을 안하는데, 마른가지에선 무언가 움트고 있는 듯한 섬세함을 엄마는 읽었단다.

겨울에서 봄으로 넘어가기가 어찌나 힘이 드는지, 매년 이때쯤이면 겨울과 봄의 널뛰기가 한참 걸렸던 것으로 기억된다.

잰걸음으로 빨리 와주었으면 좋으련만, 봄도 나름대로 차릴 게 많은가 보다, 많이 꿈지럭거리는 걸 보면.

어젠 오랜만에 내 엄마와 단둘이 시간을 가질 수 있었단다. 막내이모가 호주 여행을 떠났기에 내가 엄마를 모시고 다닐 수 있었는데, 난 내 엄마가 그렇게 나이도 많고 힘도 없고 어린아이 같은 모습에 마음이 많이 아팠단다.

항상 패기 넘치고 입담 좋으시고, 외모 가꾸기에도 일가견이 있으셨던 내 엄마가 초라한 초로의 모습으로 내 앞에 계심을 부정하고 싶었다.

예전에 예쁘고, 매사에 그렇게 당당했던 내 엄마의 모습과 동시에 겹쳐서 보이는 순간, 나도 모르게 눈물이 볼을 타고 내려오더구나.

물론 내 엄마는 딸의 눈물을 보진 못하셨다. 마음에서 흐르는 눈물까지라면 그날의 내 눈물은 아주 많았으리라.

　자주 봤다고 생각했던 엄마가, 이렇게 늙고 초라한 모습은 아직도 지워지지가 않더구나. 나름대로 아빠나 엄마는 참 잘해 드린 것 같은데도, 이젠 모든 게 다 부족한 딸로만 여겨져 많이 속상했다.

　아직까지 내 옆에 계셔 주신 것을 감사만 했던 내 엄마는 계속 우리를 기다려 주시지 않을 거라는 것도 알고 있으면서, 난 엄마에게 어떤 딸이었나, 과연 엄마에게 나라는 존재는 어떤 것이었고, 최선은 다했을까 하고 자신에게 물었으나, "예"라는 대답은 어림도 없었다.

　앞으로도 많은 시간 엄마랑 같이 있고 싶은데…. 그냥 이 시간이 멈췄으면 좋겠는데….

　내 엄마는 늙었어도 좋으니 그냥 계시기만 해달라고 혼자 기도하다가 방금 전화 드려 목소리를 들었다.

　앞으로도 계속 수화기만 들면 들을 수 있는 내 엄마의 목소리였으면 좋겠다. 영영 끊이지 않는 내 엄마의 목소리를….

내 엄마를 생각하며 쓴 글

2012년 3월 15일

콩나물 자라듯 쑥쑥 잘 커가고 있는 손주들을 보면, 나이 먹고 늙어짐도 꼭 서글픔만은 아닌 것 같네.

내 모습 나이 먹어 추레함보단 씩씩하고 폼나게 뛰어놀며 건강함을 과시할 때 할머니 마음은 한없는 입가의 웃음에서 나를 행복하게 만드는 연출을 한다네. 그래서 사랑은 내리사랑이라고 했을까?

늠름하고 멋지고 영특하게 잘 자라고 있는 그 모습에서 진연이나 자네가 아이들에게 얼마나 많은 정성을 쏟고 있는지가 보이네.

결과는 노력을 배반하지 않기에, 부모의 노력이 결국엔 자식의 모습이라네.

이것은 틀림없는 진실이기에 부모는 조건 없는 사랑과 희생을 슬기롭고 지혜롭게 자식에게 주어야 그 희생과 사랑을 먹고 건실하고 이성과 판단이 제대로 된 큰 인물을 만들 수 있기에 늘 당부한다네.

노력한 만큼 결실은 온다고, 그리고 착함을 천성으로 타고난 인이와 열이에겐 더욱더 부모의 관심과 사랑을 보태 준다면 최상의 인물이 되지 않을까 하는 것이 나의 심정이라네.

예쁘고 밝고 씩씩하고 사랑스런 모습 보내 주어 정말 고마워.

엄마 마음

밝고 활기차고 행복한 가정을 만드는 리더는 그 집안에 가장의 몫이기에, 그 몫도 최상으로 연출하고 감독하고 제작까지도 잘 이끌어 최고의 흥행으로 만들어 주길 바라는 마음으로 늘 기도하겠네.

결국 이런 삶을 '인생을 잘 살았다'라고들 하지….

잘 살아온 최고의 인생이 되길 바라며 가족을 위한 기도 놓지 않겠네.

 2012년 3월 24일

3월 말 정도면 분명 봄이거늘, 갑자기 쏟아진 눈과 강한 바람은 봄나들이 나온 모든 이들을 당황하게 만든 토요일이었던 것 같다.

강원도에선 요즘도 매일 쏟아지는 폭설과의 전쟁이고, 남쪽에선 오늘도 꽃구경 인파로 인산인해를 이뤘다고 하니, 우리나라가 그렇게 넓었었나….

다른 계절과 달리 유난히 봄은 쉽게, 순하게, 부드럽게 넘어오는 걸 못 본 것 같다.

삭막했던 산천에 프르름과 오색 찬란한 꽃을 보여 주는 대가는 매년 혹독함을 치르고 나서야 선을 보여 주는구나.

개인적으로 엄마는 지금의 이 계절을 가장 싫어하는데…. 부드러움만을 좋아하기 때문일까?

삶을 영유하기 위해 가장 중요한 것이 마음공부인 것 같다.

평탄함만이 있는 게 인생이 아니거늘, 뜻하지 않은 일을 맞았을 때 대처해야 할 마음공부가 자신에겐 큰 위로도 되고, 자신을 추스릴 수 있는 힘도 용기와 자신감을 주면서 생각할 수 있는 마음의 배려도 준다는 걸 알았다.

어려운 상황에서 방황하고만 있을 때, 그래도 구원의 손길은

엄마 마음

자신과의 싸움이지만, 그동안 내면적으로 쌓아 온 마음공부가 많은 도움이 되더구나.

그래서 인간은 죽을 때까지 배워야 하고 내면의 공부를 많이 해야만 슬기롭게 어려움도 헤쳐나갈 수 있는 지혜와 힘과 용기도 얻을 수 있는 것 같더구나.

이번 뉴욕행 때 법륜 스님 친견과 법문이 있으니 좋은 기회가 되길 엄마는 바란다.

아들이 그런 계획을 잡은 것만으로도 엄마는 아들이 너무 대견하단다.

2012년 5월 6월

계절의 순서도 마구마구 뒤바뀌는 이상한 세상에 잠깐 놀러나온 기분이다. 봄의 화려함도 색깔과 무늬만 있을 뿐, 온도 측정은 이미 기능을 잃어버린 지 오래된 양 제멋대로인 날씨만이 봄이라고 머물러 있구나.

봄엔 예쁜 꽃에 노랗고 하얀 나비들이 나풀거리고, 나무에서 새싹이 돋아나오는 속도도 느리디 느려 웬만큼 눈치 없고 감각이 더딘 이들도 지금이 봄이구나를 감지하면서 살았던 그 좋은 시절도 있었건만, 지금은 똑똑한 그 어느 누구도 봄을 감지하기가 쉽지 않은 이상한 세상에 살고 있구나.

봄이 이제 막 온 것 같은데 날씨는 여름이란다.

시험이 막바지에 이른 것 같아 조심스레 이메일 보낸다. 엄마라고 해 줄 수 있는 게 아무것도 없이 그저 마음만 아들을 향한 기도일 뿐.

앞으로 남은 인생 큰 보너스만 가득가득 채울 일만 있을 우리 아들이기에, 지금 힘든 모습도 엄마는 너무 안쓰럽게만 보지 않으련다.

내가 해 준 만큼만 보상을 받는 게 인생의 철칙이기에, 젊어서 많은 투자 아낌 없이 해 주기를, 또 주어진 기회에 최선의 투자도 인생을 아낌 없이 잘 살아가는 방법이기에 엄마는 힘든 아들에게 격려와 용기를 주고 싶다.

마지막까지 최선의 노력 아끼지 말고 잘 활용할 줄 아는 멋진 아들 기대할게. 한 번도 엄마 실망시키지 않은 아들이기에 마지막 일 년도 부탁한다.

아들아, 한국과 베이징에서도 알차고 흐트러짐 없는 인턴과 방학 생활도 잘 기획해 보렴.

순간순간의 최선만을 꼭 부탁한다. 건강과 좋은 인연도 함께….

어린이날 다음 새벽에 엄마가

2012년 7월 26일

어찌 상해의 뜨거움과 같을까만, 지금의 서울 날씨는 한 성질 부리는 것같이 매섭구나.

한여름을 지나고 있는 모든 이들이, 널부러진 매무새도 바로잡을 길 없는 흐트러짐 속에서 많은 갈증을 느끼고 있음이 요즘의 거리 모습인 것 같다.

상해에서의 한 달이 길고도 짧음을 느끼며, 아들이 얼만큼의 영양가 있는 생활을 했을까 반문해 봤다.

어느 곳에서든 잘 적응하고 잘 견딜 줄 알면서도 즐길 줄도 아는 우리 아들이기에 엄마는 늘 고맙고 감사하게 생각한다.

어떠한 환경과 조건 속에서도 불만 불평 없이 항상 잘해 내고 있는 우리 아들이기에 큰 복은 늘 우리 아들 곁에서 떠나지 않을 것임을 엄마는 믿는다.

생각이나 마음이 예쁜 우리 아들, 엄마 아빠의 큰 재산임에 마음은 항상 부자란다.

아빠 마음 잘 읽어 주고 감사할 줄 아는 아들이며, 아들에게 불편함 없게 최선의 뒷바라지를 해 주시는 아빠의 모습이며, 너무도 아름다운 아빠와 아들 모습이 엄마는 참 보기 좋다.

상해에서의 마무리 끝까지 최선을 다하고, 좋은 것 많이 배우

엄마 마음

고 좋은 인연도 많이 접해 먼 훗날 큰 밑거름이 되길 바란다.

한국에서 밝고 건강한 모습으로 만나자.

아들의 매일매일을 위해 기도하는 엄마가.

2012년 8월 26일

아들! 고맙다. 엄마 아빠에겐 더없이 뜻깊은 날, 좋은 자리 만들어 줘서 고맙다.

그 옛날이 생생하게 기억나고 몹시 긴장했던 그 모습을 상상하며 웃을 수 있는 그날, 벌써 38년이 됐다는구나.

뭔지는 몰라도 부지런히 열심히 아낌없이, 내 의식을 부추기며 살아온 많은 날들. 단지 내 인생 헛되지 않으려고, 먼 훗날 후회하지 않으려고 무던히도 자신을 들볶았던 흘러간 많은 시간들을 엄마는 무지 사랑한다.

그 시간 속에는 시행착오도, 짧은 소견들로 행했던 많은 일들도 있었건만, 잘 견뎌 주고 따라와 준 모든 식구들에게도 늘 감사할 뿐이다.

흘러간 시간들은 다시 올 수 없다는 사실을 일찍 터득하기도 했지만, 흘러간 시간들에 후회하지 않으려고 순간순간 최선을 다했던 것 같다.

그래서 남들보다 조금 힘든 것은 사실이었지만, 이제 와 보니 행복한 시간들이 더 많았던 것 같다.

이런 엄마 밑에서 많이 힘들었을 아들 입장도 모르는 건 아니지만, 그럴 수밖에 없는 게 엄마란다.

엄마 마음

아직도 자식 걱정으로 전전긍긍하는 내 자신을 보면 자제는 아직 이른 것 같아. 건강이 허락하는 한 계속 전전긍긍은 이어져야 할 것만 같다.

일 년밖에 안 남은 아들의 진로며 여러 가지 일들이, 이젠 엄마의 고뇌로 자리잡고 있구나. 물론 잘할 거란 확신도 있지만, 엄마의 몫은 또 있더구나. 그것도 아들이 이해해 주고 엄마에게 너무 다그치지는 말았으면 한다.

아들 반응에 엄마는 늘 상처받고 마음 아픈 게 너무 서글프더구나. 이젠 환갑이 넘은 엄마의 마음도 좀 헤아려 주었으면 한다. 너무도 사랑하기 때문에 어쩔 수 없이 벌어진 모든 일들도, 아들이 이쯤이면 이해할 수 있지 않을까?

늘 건강 조심하고 원하는 모든 것 다 이루어지는 펜실베니아의 일 년을 기도한다.

사랑이 더해만 가는 아들에게

매일 아침 저녁으로 피곤함이 묻어 있는 우리 딸의 목소리에 엄마는 열심히 대꾸는 해 준다만 늘 생각한다, 그게 바로 행복이거늘….

딸아! 엄마가 이 세월을 살아보니 이제야 알겠더라, 자식 일로 바삐 돌아가던 그 시절이 행복이었던 것을….

그땐 이 세월이 빨리 지나갔으면 하고 바랄 때도 참 많았다만, 다른 일도 아닌 자식 가르치는 일로 눈 빠지게 바쁘다는 건 얼마나 행복하고 기쁜 일인가를 그때는 몰랐단다. 이쯤 세월을 살다 보니 행복이 뭔지, 기쁨이 뭔지, 사랑이 뭔지도 알겠더라.

딸아, 딸이 지금 겪고 있는 모든 것. 얼마나 힘들고 바쁜지, 그리고 용량이 넘치는 삶을 살고 있는지도 다 안다만, 그건 자식을 위한 부모로서의 도리라 생각한다.

딸아, 소중하고 귀한 내 자식을 남의 손이 아닌 내 손으로 키운다는 건, 자식들에겐 큰 축복이란다. 자식들이 축복을 누릴 수 있는 건 부모의 절절한 희생 없이는 얻을 수 없는 큰 영광된 복이기에 부모는 감수할 수밖엔 없는 일.

딸아, 목소리부터 높이지 말고 인이 아빠랑 세심하게 잘 상의하고, 머리 맞대어 잘 짜낸다면 좋은 의견이 나오지 않을까.

지금부턴 아이들의 교육이 최대 문제이니, 게으름 없이 일관된 모습으로 지속되는 학습이어야 하거늘, 혼자 속상해하거나 혼자 자책하는 건 절대 금물이다. 남편과 세심하게 의견을 교환하는 것만이 최상이라 생각한다.

인이 아빠도 가정과 아이들을 끔찍이 아끼고 생각하는 사람이기에, 둘이서 마음만 맞댄다면 안될 일이 없을 거란다. 결국 인생의 잘잘못의 평가는 자식에게 있거늘, 자식 농사는 어릴 때부터 뿌리를 잘 내려야 한단다.

자식 앞에서 소리를 지르거나 화를 내는 건 소리 없는 권총과도 같은 것, 서로 조심하길 바란다. 좋은 가정, 행복한 가정이란 한쪽이 기울면 한쪽에서 보듬어 줄 수 있는 넓은 아량과 이해가 필요하며, 상처 주는 일 없이 한 발짝씩 물러설 줄 아는 지혜도 큰 보탬이 된단다.

지혜로운 우리 딸, 남편과 함께 화목하고 사랑이 넘치는 가정과, 아이들 교육도 훌륭하게 키워 보렴. 아마 세상에서 최고가 되는 가정과 자식들이 될 거란 걸 엄마는 확신하지. 그날을 위해 우리 딸, 우리 사위 파이팅!

2012년 9월 3일

가을맞이 첫 줄에 들어서 있는 결혼기념일이 내겐 전보다 더욱 더 값지게 보임은 왜일까요.

삶의 가치를 삶의 의미를 제대로 느끼면서 살 수 있음에, 만져 보고 느낄 수 있었던 숱한 세월들 속에서 얻어진 행복이 있었기에, 그날이 더욱더 빛을 낼 수 있답니다.

형편없는 날이 아닌 소중하고 귀한 날로 자리매김할 수 있었던 건 당신과 나의 헌신과 사랑과 믿음이 있었기 때문이요, 끊임없는 노력도 포함이라오.

육십을 훌쩍 넘긴 나이임에도 난 지금이 좋고 행복하고 기쁨 그 자체라는 것, 이것 또한 나에겐 큰 자랑이며 기쁨이거늘.

곁에서 늘 당신이 나의 버팀목이 되어 주고 끝도 없는 사랑 계속 퍼부어 주심에 난 매일이 감사의 날인 것을, 당신은 알아야 해요.

과거의 젊음보단 농익을 만큼 잘 숙성된 지금의 나이 먹음이 난 훨씬 더 좋다오. 서로 웃으면서 나이 먹음을 확인하며, 애틋함에 손이라도 한번 쓱 만져 줄 수 있는 지금이 난 행복하다오.

딸, 아들은 우리가 애쓰고 정성을 쏟은 만큼 잘 열매를 맺어 주어 고맙고. 게다가 귀여운 손주녀석들까지 우리를 즐겁게 해 주는 보물들이 있으니 이것이 행복 아니겠소.

엄마 마음

열심히 부처님 찾아뵙고 각자 할 일 열심히 하고 있는 서로의 모습이, 지금 우리가 서로에게 진심어린 사랑으로 대하고 있는 이 모습은 분명 부부의 참 모습인 것 같습니다.

서로 노력만 한다면 얻을 수 있는 부부의 모습을 잘 실천하고 있는 우리에게 큰 박수 보내고 싶습니다.

앞으로도 우리 계속 이렇게 나이 먹어 가요. 건강하고 부처님 말씀 하나라도 더 실천하며 살 수 있는 그런 여유 가지면서…. 이게 바로 행복이거늘….

건강과 사랑과 행복의 끈 놓지 말고, 서로를 아끼며 사랑하는 마음, 우리 계속 누려요.

결혼기념일 전날 사랑하는 남편에게 아내가 쓴 글

2012년 9월 28일

나 어릴 때 추석은 턱빠지게 기다리고 기다림이었는데….

올 추석엔 우리 엄마가 어떤 추석빔을 해 주실까?

그땐 내 의지가 아닌 엄마가 사주신 크고 긴 얇은 스웨터에 몇 번을 접어야만 입을 수 있는 바지를 좋아하던 그 시절이 그래도 그립다. 명절이 아니고선 입을 수 없었던 새옷의 행복감이 너무도 컸었는데….

늘 좋은 음식과 멋지고 예쁜 옷을 본인이 원하는 대로 입을 수 있는 요즘 아이들은 느낄 수 없는 팍팍한 세월이 지금은 가끔 부럽기도 하다.

내일부턴 전투가 아닌 전투가 시작되는 느낌, 예전보다는 많이 좋아졌지만 그래도 그렇다.

나도 언젠가는 추석을 손꼽아 기다린 좋은 시절도 있었다만, 아련한 추억으로만 남는다. 그 추억이 엊그제 같은데 오십 년이 넘었다니 참 어이없는 세월에 헛웃음만 난다.

부모님 아직 내 곁에 계시고 추억을 웃으면서 돌이켜볼 수 있는 난 분명히 행복한 사람이다.

이 모든 행복을 이번 추석엔 내 부모님께 돌리고 싶다. 아직도 건강히 내 곁에 계셔 주시는 부모님이 너무나도 고맙고 감사하다.

34   엄마 마음

아들과 명절 같이 보내지 못하는 건 아쉽지만, 그런 기분마저도 취할 수 없는 아들의 외로움을 엄마는 더 잘 안단다.

최선을 다하는 마음으로 명절 잘 보내고 엄마는 미국행 비행기를 타련다.

아직까진 미국행이 명절에 가려 실감을 못하고 있는 바보 엄마다. 아들 미국 가서 전화할게….

 2012년 11월 8일

밤새 소복이 내려앉은 하얀 꽃송이. 천국에서나 볼 수 있는 아름다움의 극치를 난 카메라에 담았다. 어느 누가 이 천국의 그림을 보고 부서지는 영혼을 감싸지 않을 수가, 영혼의 온전함이 그대로이길 바랄 수가 있단 말이냐.

뉴욕은 떠나는 순간까지도 나에게 도전할 수 있는 기회와, 놀라고 껴안을 수 있는 여러 가지 변수를 주었다.

사랑스런 뉴욕이여! 당신은 이번에 나에게 너무도 많은 것을 요구하고 또 보여 주셨나이다. 억세게 무서운 허리케인도 경험하게 했고, 천사들만이 볼 수 있다는 기막힌 아름다움도 선사해 주었으니 그대는 나에게 큰 아름드리 나무였나이다. 창문에 비친 현실의 아름다움은 정녕 현실이 아닌 천국의 그림이외다.

설국의 그림이나 사진이 지금의 이 아름다움보다 더하진 않을게요. 그래서 그대 이름은 뉴욕이외다. 내일이면 떠날 뉴욕이, 나에게 끝으로 준 멋진 선물, 영원히 기억하리라.

사랑하는 내 가족이 머무를 뉴욕이여, 부디 사랑하는 마음으로 포근하고 따뜻이 잘 감싸 주길 간절히 부탁하고 고국으로 떠나겠나이다.

엄마 마음

다 떨어져 없을 줄만 알았던 오색 단풍이 나를 기다리고 있더구나. 가을을 무척이나 기다리고 좋아하는 나를 위해, 애써 버티고 있을 것만 같은 그 찬란함이 어쩜 그렇게 예쁘고 아름다울 수가….

어제 아빠와의 멋진 남산 데이트가 올해 내가 맞은 최상의 가을맞이였고, 가을이 안간힘으로 버티고 있는 모습이 안쓰럽게 보였지만, 난 그 모습도 너무 예뻤다.

언제부터인지 모르지만 가을을 무던히도 기다리며 좋아하고 사랑하게 되었고, 매년 맞는 가을이지만 가을앓이를 심하게 했던 그런 가을이 참 많았던 것 같다.

어려서부터도 우수에 찬 소녀였었나? 기억 속에 난 어려서도 오색 단풍과 떨어지는 낙엽이 좋아 마구 뒹굴고 싶었던 아련한 추억들이 많았단다. 애처롭게 가을 언덕을 고고히 지키던 들국화의 의지도 가을 끝에 애잔한 만추의 잔영으로만 남는구나.

아무리 미국이 좋다지만 형형색색의 찬란한 단풍의 색감만큼은 우리 것이 최고임을 난 증명하노라, 난 반했노라.

끝자락인 가을과 문턱까지 버티고 있는 겨울의 밀당이 얼마나 갈지는 모르지만 잡고 싶은 만큼 끌고 싶다. 늦가을의 정취를, 만추의 화려함과 쓸쓸함을….

　5년, 5년, 두 번의 선거 때마다 이 일을 어찌하나 하고 격분하면서 치른 예전의 마음 아팠던 선거가 머리를 스쳐가더구나.

　이번 선거만은 내가 원하는 결과가 나오길 학수고대하면서 선거위원이라도 되어 뛰고 싶은 마음이다.

　이제 조금 안정이 된다만 모든 건 뚜껑을 열어봐야 아는 일이기에 선거 뉴스에 초점을 맞추고 있단다.

　아들이 엄마 마음 잘 알고 웹사이트 알려 줘 잘 볼 수 있었다. 앞으로 5년을 지켜 줄 나라의 부모를 선출하는 과정에서 얕은 마음이나 깊이 없이 마구 투표하는 그런 선거가 되지 않길 바라는 마음 간절하다.

　텔레비전에선 나로호가 발사 카운트에 들어가다 출력 16분 전에 정지되고 말았다. 이번엔 무슨 문제가 있는 건지 참 안타까운 뉴스가 계속 흘러나오고 있다.

　나라 안팎이나, 집안 안팎이나, 개인의 안팎이나 모두모두 수월하게 잘 풀리고 좋은 소식 좋은 일만 있었으면 좋겠다. 나라, 가정, 개인이 편안하고 화목해야만 모두 행복의 길이거늘, 오늘 나로호도 꼭 발사되기를 기원했건만 결국 중지되고 만 것 같아 아쉬움이 크다. 다음엔 더 확실한 나로호의 발사가 이루어지길 바라며….

2012년 12월 14일

더 말해 무엇하리…. 이 세상의 모든 福 다 가져도 모자람이 없는 당신이기에, 늘 그러리라고 기도합니다. 당신과 함께한 그 많은 세월과 시간들이 지금의 우리를 만들었고, 사랑을 쌓을 수 있는 사랑방도 만들 수 있었습니다.

당신의 깊은 사랑 속에서 자식들 잘 성장했고, 바른 생각과 이성을 가진 22세기에서나 존재할 수 있는 멋진 자식들을 둔 것 같습니다. 다 당신의 울타리에서나 일어날 수 있는 일이기에 전 당신을 사랑할 수밖에 없답니다.

우리 요즘만 같이 서로 보듬어 주고 사랑하고 아껴 주며 살아요. 더도 덜도 말고 요즘만 같아라가 실감나는 나날입니다. 내년에는 어렵고 힘든 모든 것 다 털어 버리고 힘차고 패기 있고 건강과 생기 넘치는 활력만이 있기를 간절히 기도합니다.

꼭 그럴 거라 믿고 기도하고 있는 아내가 있기에 어깨 쫙 펴시고 힘차게 뛰고, 앞으로 전진할 수 있는 에너지를 발산해 보세요. 분명 부처님께선 당신에게 큰 힘도 주시고 큰 원력도 주실 겁니다.

2013년은 당신의 힘찬 해이기에 크게 파이팅을 외칩니다.

당신의 아내가

 2012년 12월 28일

강추위와 눈이 반복되는 요상한 12월을 맞고 있는 것 같다.

12월엔 이렇게 추웠던 기억보다, 연말의 아쉬움이나 벌써 한해가 다 갔다는 섭섭함과 송년모임으로 바빴는데, 올해는 국가적으로 아주 큰 대선도 있었고, 몇 번씩이나 몰아치는 강추위와 폭설로 연말의 어수선한 모습이 국가나 개인이나 날씨나 별반 차이가 없는 것 같다.

뉴스에선 아래 지방에 폭설이 계속 내린다는 소식이 전해진다. 폭설이 내리는 까닭은 더 아름다운 봄을 맞기 위함이고, 어둠이 짙어만 가는 까닭은 더 찬란한 아침이 오기 위함이라고….

멋지고 아름다운 봄을 꿈꾸고 맞이하기 위해선 추위와 폭설도 잘 이겨 내고 고통의 아픔도 껴안고 즐길 줄 아는 지혜가 있어야 하고, 잘 참을 줄 아는 사람이 되어야 한다.

꽃피고 찬란한 봄을 맞기 위해선….

우리 인생사도 계절의 희로애락과 무엇이 다르겠는가. 큰 아픔과 고통 뒤엔 기쁨의 성장이 있고, 고뇌와 인내 뒤엔 큰 성공이 뒤따라온다는 사실을 알기에, 인간사 모든 것엔 대가 없는 고통은 없다는 진리를 알아야 한다.

큰 고통 뒤엔 큰 기쁨이 있기에 우린 큰 고통도 큰 기쁨으로

엄마 마음

승화시켜 즐길 줄 아는 지혜를 배워야 한단다.

　2012년의 아쉬움과 미련이 되풀이되지 않는 새해를 위해서라도 마무리 깔끔하게 잘하고 새해를 맞이하자꾸나.

　새해엔 아들이 이루어야 할 많은 일들이 기다리고 있는 중요하고, 바쁘고, 신중한 한 해가 될 것 같기에, 엄마 마음도 덩달아 바빠질 것 같구나.

2013

한 계절 한 계절 넘어가고 오는 것도, 인생의 고비고비를 힘들게 넘어가야 하는 우리네 인생사와 같음을 많이 느끼며 산다. 인생사 모든 게 수월할 리는 없지만, 힘들다 불평만 말고 힘든 그 자체가 인생이려니 하며 즐길 줄 아는 지혜엔 어떤 고통도 당해 낼 재간은 없단다. 결국 즐기면서 고비고비를 넘기며 인생을 즐길 줄 아는 사람에게만 신은 복을 내려 주신다는 진리를 잘 알기에 우린 노력한단다. 고통도 기쁨으로 승화시키며 살 수 있는 최선의 선물을….

 2013년 1월 1일

똑같은 해는 매일 뜨고 지지만, 오늘의 해는 2013년에 뜨는 새로운 해란다. 어제는 임진년, 오늘은 계사년에 뜨는 새로운 해이기에 우리는 많은 뜻을 담게 되는구나.

모든 것 다 이루어지는 소망도 담아보고, 뜻하는 모든 소원 발원도 해 보게 되는 게 인간사 현실이 아니더냐.

지나간 시간 후회 말고, 다가올 시간들 허투루 쓰지 않는 야무진 계획을 세워 보라고 적극 권하고 싶구나.

시간과 세월의 빠름을 감지하게 될 땐 이미 나이가 먹은 뒤더구나. 너희는 그런 실수 하지 않길 바라는 마음에서, 시간은 절대로 기다려 주지 않는다는 철칙 하나만이라도 깊이 새겨 둔다면 시간을 헛되게 쓰지는 않을 것이다.

올 한 해를 10년 만큼으로 쓴다면 많은 시간을 단축시킬 수 있는 기회를 만드는 거란다. 새해엔 좋은 일, 기쁜 일, 보람된 일, 성취하고 싶은 모든 일 다 이루어지는 대망의 해로 만들자꾸나. 건강도 잘 챙기고 소원 성취하길 바란다.

늘 우리 곁에선 부처님의 크나큰 가피와 가호지묘력을 해 주시기에 든든함을 유지할 수 있단다.

2013년 1월 1일 오전 5시 새해 아침에 쓴 글

엄마 마음

 2013년 1월 5일

아! 벌써 하면서 새해를 맞았는데 주말이란다. 세월의 흐름은 유수보다도 더 빠르다는 건 알았지만 정말로 빠르다. 섬뜩 놀랄 만하더구나.

폭설에 강추위가 엄포를 놓고 있다만, 머지 않아 흐드러진 꽃 내음에 가지에서 뻗어난 새순에 망아지들이 빼꼼히 고개를 내밀 때도 곧 오지 않겠니! 언제 날씨 엄포에 기죽었었나 하고 우린 곧 다가올 꽃잔치를 만끽하며 그 향기에 빠져보자꾸나!

그러면서 또 일 년이 지나가는 것처럼 말이다.

대선이 끝나 인수위원의 발표도 마무리되었고, 제대로 된 바탕에서 제대로 된 대통령이 순수하고 애국하는 마음으로 멋진 대한민국의 사령탑이 되었으면 하는 마음 너무 간절하다.

열심히 응원하고 호응한 사람으로서 대통령 당선자에게 바라는 마음이 크단다. 첫 탄생한 여성 대통령인 만큼 반이 여성인 대표로서도 사심없이 첫 마음이 끝 마음이 되도록 변치 않는 그 열정과 그 공약들을 하나하나 잘 매듭지어 대대손손 추앙받는 대통령이 되기를 간절한 마음으로 바라고 있다.

늘 그랬듯이 '나 같으면 그렇게 할 텐데'라고 자주 생각해 본다. 이번 당선자에게 거는 기대는 하늘만큼이다, 모든 국민이.

그런데 왠지 너무 잘할 것 같은데…. 내 예감이 이럴 땐 딱 맞아 줘야 하는데. 잘할 수 있도록 믿고 기도해 주는 것도 국민의 몫이기에 그렇게 하고 싶다.

5년 뒤 박수 받으며 떠날 수 있는 그런 대통령을 만들기 위해선 우리 국민들도 따라줘야 할 수 있는 일이기에 '모든 국민들이여' 하고 외치고 싶은 마음뿐이다.

오늘은 날이 조금 풀린 것 같다. 개학이 임박한 것 같은데, 마지막 학기 잘 마무리해 주길 바란다.

늘 건강도 잘 챙기며 운동도 게으르지 않길 바랄게.

아들 위해 늘 기도하는 엄마가

2013년 1월 17일

멀리 있어 궁금한 것이 많아 참 안타깝구나. 허리 통증은 금방 잘 다스려 줘야 하고 침이 특효이긴 한데, 심한 활동이나 운동은 하지 말고 누나 만날 때까진 조심하고, 이번엔 스키 타는 것은 고려해 봤으면 한다.

매형하고 인이와 열이만 타는 건 어떨까? 미국에선 처음 타는 스키라 타고 싶겠다만, 이번엔 좀 참아 주길. 그 시간에 아들은 누나한테 침 맞으며 치료를 했으면 좋겠다. 그럴 수 있겠지? 아들아, 부탁한다.

엄마도 이번에 제사 모시고 어깨와 팔이 얼마나 아픈지, 건강만큼 소중하고 귀한 게 없음을 다시 한 번 느끼며 산다.

영국에선 늘 혼자였는데 미국에선 누나가 있어, 엄마는 맘적으로 많은 위안을 받는단다.

나를 대함에 있어 이유가 없고, 계산이 없고, 조건이 없고, 어제와 오늘이 다르지 않는 한결같음으로 흔들림 없는 사람은 평생을 함께하고 싶은 사람이고, 사람을 귀하게 여길 줄 알고 그 마음을 소중히 알아 줄 줄 아는 깊은 마음은, 가슴의 눈빛이 아닌 따뜻한 마음으로 인생을 풍요롭고 아름답게 살 줄 아는 멋진 사람이란다.

그런 멋진 사람이 아들이기를 기도해 본다, 엄마이기에….

늘 너무 빠르지도 느리지도 않고 항상 중도를 잘 걷고 있는 아들의 한결같음을 엄마는 많이 사랑한다. 그러기가 쉽지 않다는 것을 너무도 잘 알고 있는 엄마는!

이제 미국에서도 한 학기만 남겨 두고 있는 아들, 길고도 긴 유학의 대장정이 끝나가고 있으니, 고군분투하고 있는 아들에게 엄마는 아주 큰 상을 주고 싶은 마음이다.

긴 유학 생활, 끝까지 깔끔하고 멋지게 장식해 줄 내 아들이여, 그동안 품어 온 모든 꿈 다 이루고 소원 성취하길 바란다.

부처님의 이름으로 기원합니다.

승승장구할 아들에게 엄마가

늘 함께하지 못한 아들 생일에 이번에는 사랑스런 축하객들이 많아서 엄마는 얼마나 행복했는지 모른단다.

같이 있어 주지 못한 미안함과 쓸쓸했을 아들의 마음을 헤아려 보면 늘 마음이 저리고 아팠는데, 이번에는 누나와 매형과 두 조카들과 함께 생일을 맞았을 아들을 생각하면 너무나도 기쁘고 행복했단다.

이것이 바로 가족의 힘이 아닌가 생각한다. 상상만 해 봐도 저절로 미소짓게 만드는 포근한 한 폭의 그림처럼 느껴진단다.

엄마 아빠의 아들로 태어나 준 것도 고맙고, 누나의 동생으로 태어난 것도 고맙고, 모두에게 기쁨이 되게 태어나 준 아들! 정말로 고맙다. 그 동생을 사랑스럽게 어루만져 주며 신경 많이 써주는 누나와 매형에게도 고맙고 사랑한다는 말 전하고 싶구나.

그동안 앞만 보고 달려온 대장정의 길이 올해로 결실을 맺게 되는 중요한 해인 것 같다.

튼튼한 열매를 맺기 위한 기나긴 여정에서, 혼자 겪었을 많은 일들을 잘 견디고 종착역까지 무사히 와 준 아들이 엄마는 너무도 대견하고 그리고 사랑한다. 이제 정말로 얼마 남지 않은 긴 여정이 후회 없는 결실로 마무리되길 기원하고 또 기도한다.

미국에 있는 동안에는 누나와 매형의 보살핌이 많은 도움이 되었을 테고, 사랑스런 개구쟁이 조카들은 너에게 엔돌핀과 활력소를 제공해 준 일등공신들이란다. 그 고마움도 잊지 않는 멋진 동생과 삼촌으로 보여지는 것도 아들의 몫이란다.

　행복한 시간 만들어 준 누나와 매형에게도 감사의 뜻 잘 전하고, 펜실베니아 집까지 안전하게 잘 도착하길 바란다.

　행복한 생일을 맞은 우리 아들, 진심으로 축하하고 사랑한다.

미국도 한국도 지금은 1월 21일

아들 양력 생일날 엄마가

　　　　　　　　　　　　　　　　　　　　엄마 마음

2013년 2월 3일

밖을 내다보니 흰눈이 또 소복이 내렸구나. 유난히도 매서운 추위에 폭설도 자주 내리는 올겨울 풍경은 눈을 자주 보았다는 것과 그리고 추위에 그대로 얼어붙어 매우 힘들었다는 기억이 떠오를 것 같다.

그런데 내일이 입춘이란다. 봄기운이란 입문도 할 수 없는 매서운 추위에 봄은 감히 얼씬도 할 수 없지만, 그래도 땅 속 깊은 곳에선 봄기운이 때가 오기만을 기다리고 있을 것이다.

매년 겪어 봤지만 순순히 봄을 내어 준 겨울은 한 번도 없었기에 올해도 서서히 기다리련다, 봄을….

한 계절 한 계절 넘어가고 오는 것도, 인생의 고비고비를 힘들게 넘어가야 하는 우리네 인생사와 같음을 많이 느끼며 산다. 인생사 모든 게 수월할 리는 없지만, 힘들다 불평만 말고 힘든 그 자체가 인생이려니 하며 즐길 줄 아는 지혜엔 어떤 고통도 당해 낼 재간은 없단다.

결국 즐기면서 고비고비를 넘기며 인생을 즐길 줄 아는 사람에게만 신은 복을 내려 주신다는 진리를 잘 알기에 우린 노력한단다. 고통도 기쁨으로 승화시키며 살 수 있는 최선의 선물을….

내일 입춘 기도 드리면 바로 구정이란다.

구정의 힘듦보다 조상님께 문안 드리고 많은 식구들을 맞이하며 신년맞이 새해인사 드릴 기쁜 마음으로 구정 음식 장만하려고 한단다.

2013년 좋은 일, 행복한 일만 많이 생기는 복된 계사년이 되도록 많이 기도해 줄게. 부처님의 크신 가피는 늘 우리 몫이란다.

늘 자식들의 건강과 행복을 바라는 엄마가

흰눈 소복이 내리는 밤에

엄마 마음

2013년 2월 8일

이젠 에누리없는 새해 계사년이다. 이틀 뒤엔 구정이란다.

이젠 추위도 잠재울 때가 되었건만 극성스럽게도 날씨는 가라앉을 기미가 없구나.

소담스럽게 내려주던 눈송이도 폭설로 변해 버리는 통에 영 매력도 없고 귀찮은 존재가 되었으니, 아무리 좋은 것도 적당히가 아니면 대우를 못 받는 건 자연이나 인간사나 다를 게 없는 것 같다.

달력은 음력 29일인데 날씨는 북극에 온 기분이구나. 그래도 명절 지내겠다고, 조상님께 차례 지내겠다고 혹한을 무릅쓰고 마트나 시장엔 사람들로 바글바글이란다.

아름다운 풍경이기에 몸은 고되지만 참 좋아한단다, 나는….

그런데 몸과 마음은 다른가 봐. 마음은 행복한데 몸은 벌써 고장이 나고 있으니 말이다. 몸에다 계속 암시를 주어도 안 먹히는 몸의 컨디션은 어찌하오리까. 잘 버텨 줘야 몸과 마음이 행복한 명절을 보낼 텐데 말이다.

문화가 다른 미국에서 지내는 명절, 마음만이라도 풍습을 기억하며, 미국에서도 할 수 있는 떡국과 만두 정도는 먹었으면 한다. 내 나라의 명절만큼은 놓치지 않길 바라는 마음이다.

구정이 지나면 이제부턴 진짜로 새해란다. 새해엔 원하는 모든

것 다 이루고, 건강하고 보람된 일 멋지게 뽐내며 행복을 맛보는
한 해가 되길 진심으로 바란다.

언젠가는 명절도 모두 함께 보낼 수 있을 거라는 야무진 꿈을
꾸어 보며 이 글을 쓴다.

부처님의 크나크신 가피 속에서

늘 행복해하고 있을 미국 식구들에게

엄마 마음

2013년 5월 27일

늘 엄마에게 기쁨을 안겨 주는 아들아!

아들과 아빠와의 행복했던 미국 여행은 정말로 잊을 수가 없구나. 엄마 아빠의 세심한 성격과 취향을 배려해서 잘 짜놓은 여행 스케줄은 미국과 아들을 한꺼번에 만끽할 수 있는 환상의 멜로디로 만들었더구나. 특별히 까다롭진 않아도 외국 생활에 익숙한 아들과의 틈이 생길 수도 있는데, 완벽한 보살핌으로 행복을 맛보게 해 준 멋진 여행, 잊을 수가 없구나.

스위트하고 젠틀함과 배려가 몸에 배인 나의 아들아!

졸업 진심으로 축하하고, 완벽한 여행에 후한 점수 넉넉히 얹어 주고 싶다. 엄마 아빠는 감히 떠날 수 없었던 미국의 요모조모를 잘 엮어서 관광할 수 있고 설명까지 준비한 너의 정성과 사랑에 많은 점수 후하게 주고 싶은 게 엄마 아빠 마음이란다.

앞으로 있을 모든 관문도 무사히 좋은 점수로 통과할 수 있을 나의 아들아! 다시 한 번 쇠뿔을 당겨보지 않을래? 영광의 화신은 늘 아들 곁에 머물러 있을 것을 엄마는 확신한단다.

부처님께서도 무지하게 사랑하고 계실 나의 아들!

누나네 식구들과 버뮤다 크루즈 안에서

 2013년 6월 1일

버뮤다와의 작별다운 작별 인사도 없이 떠난 여객선이 너무도 얄밉도록 아쉬웠다.

준비 없는 작별의 버뮤다는 나를 언제 또 반겨주려나.

천상의 낙원은 버뮤다 말고 또 어디 있으려나!

떠날 때의 마음이 만날 때의 기쁨보다 하늘 땅만큼 그립고 아쉬움이 한다발인 이내 마음 어찌 달래 보고 치유해 볼까나.

치유해 줄 곳 그 어디에도 없다 생각하니 가슴의 서늘함을 어찌 견뎌야 하오리까.

많은 곳 많은 세상을 둘러봤건만 버뮤다만큼 천상의 낙원은 없었기에 두고 두고 기억되는 환상의 버뮤다여! 언제 또 가 볼 수 있으려나.

영원히 그리울 것만 같은 버뮤다여, 나에겐 정신적인 보물이었도다.

떠나는 배 안에서

엄마 마음

2013년 6월 11일

　아들, 딸, 사위의 배웅을 받으며 뉴욕을 떠나오는 길이 섭섭함만은 아니었다. 아들은 곧 있으면 보게 될 터이고, 딸과 사위와 손주들은 하모니 잘 맞춰 바쁜 스케줄 잘 꿰고 있는 모습이 너무 사랑스럽고, 아름다운 앙상블이 엄마를 편안하고 안심되게 해 주어 고마움과 감사의 발걸음으로 가뿐히 올 수 있었단다.

　이 모든 것에 대한 감사함을 부처님께 돌리고 싶구나.

　사랑하는 이들이 살고 있는 뉴욕이여!

I LOVE NEW YORK!

뉴욕 공항에서

 2013년 6월 14일

지구 반대편에서 개구쟁이 조카들과 깊은 잠을 자고 있을 내 아들!

행복이 뭐냐고, 기쁨이 뭐냐고 묻거들랑 난 5월 한 달 내내 행복이었고 기쁨이었다고 활짝 웃으며 말할 수 있는 결정체를 맛보았단다.

아들, 딸, 손주들이 엄마 아빠에게 준 최상의 선물과 큰 상을 받고 온 기분이란다.

같이 있었던 그 자체도 행복이거늘, 아들 딸들이 신경써 주고 배려해 준 많은 부분들을 엄마는 잊을 수 없는 많은 날들로 기억하고 있을란다.

언제 또 이런 날들이 올까마뇨!

긴긴 유학 생활 잘 마쳐 준 것도 고맙고, 인품 좋게 잘 다듬고 가꾼 마음도 일품이고, 소리 소문 없이 엄마 아빠의 그동안의 노고에도 감사함과 고마움을 표현해 주고 포근히 감싸안아 준 그 깊은 마음, 두고두고 간직하련다.

이젠 정말로 마지막 관문 잘 통과하고 가벼운 마음으로 기쁜 마음으로 고국에 정착을 마련하는 복된 날만을 만들자꾸나.

오늘 다시 펜실베니아로 떠나는 아들!

엄마 마음

치과 치료 잘 받고 안전 운행하며 무사히 도착하길 바라며, 그 곳에서도 뉴욕에서 미스난 공부 착실하게 보충하며 게으름 없는 진도 잘 마무리하길 바란다.

후회하지 않는 최선의 노력 꼭 명심하고 엄마는 부처님께 기도 잊지 않을게.

아들 생각하며 쓴 글

파란 하늘 흰 뭉게구름 속에서 천사들과 천국이라는 싱그러운 세상을 맘껏 만끽하며 신나게 놀고 온 기분이었다. 이번 미국 나들이가….

아들, 딸, 사위, 두 손주들과 모인 그 자리 자체도 행복과 천국이거늘, 그 외에 주어진 모든 잔치들은 큰 보너스로 얻어진 인생의 다이아몬드였단다.

언제 또 이런 멋들어진 잔치에 초대될는지, 그 욕심 또 부려 보고 싶은 것이 나의 진심인 것 같다.

멋진 집으로 이사할 때 동참할 수 있었던 것도 얼마나 기쁘고 기분좋은 일이었는지 모르겠더구나.

우리 마음에 쏙 드는 집으로 이사해 준 것도 고맙고, 두 아들 구김 없이 밝게 잘 키워 준 것도 고마운 일인데 엄마, 아빠, 장인, 장모도 따뜻하고 정겹게 맞이해 준 그 모든 것에도 고맙고 감사함을 진심으로 말하고 싶구나.

정신없이 휘몰아치는 스케줄을 슬기롭게 잘 풀어가고 있는 딸과 사위를 보면 너무도 대견하고 자랑스러움을 느꼈단다.

만만치 않는 미국 사회에서 그만큼 뿌리를 잘 내려주고 있는 너희들, 맘껏 칭찬과 찬사를 보낸다.

이제부턴 자식 교육에 모든 관심과 신경을 쓰는 일만이 인생의 성공을 말한다고 하면, 내 마음을 이해해 주려나!

　부드러우면서도 강하게 그리고 흔들림 없는 교육법으로 꾸준히 해야 하는 자식 교육은, 부모가 꼭 해야 하는 큰 과제임을 잊지 말고 명심하길 바란다.

　인이가 3학년이 되면 게으름 없이 복습을 철저히 해서 기초를 놓치면 안 된단다.

같이 할 수 있는 도반이 있기에 힘을 낼 수 있고, 따뜻하고 사랑스런 언어의 마력으로 인해 용기도 발휘할 수 있었고, 그래서 어제오늘 공양간 봉사는 매끄럽게 잘 끝낼 수 있었음에 감사하며 함께해 준 도반들께 진심으로 고마움을 느낀다.

매번 아슬아슬하지만 했다 하면 매끄럽고 깔끔하게 마무리되는 확실한 봉사가 이젠 이력이 난 것 같고, 부처님의 큰 자비심만 믿고 밀고 나가는 예쁜 배짱도 생긴 것도 같다.

문자 보내고 전화하고 준비하고, 작은 선물에 때맞춰 음료수 제공하고, 고마움의 표현도 나이스하게 날려야 하는 힘든 과정이지만, 몸만 힘들지 마음은 상쾌하고 한없이 행복하기에, 내년이고 후년이고 할 수 있을 때까지 정성스런 봉사 꾸준히 하고 싶은 게 엄마 마음이란다.

기도만이 공덕의 보고가 아니라, 봉사도 큰 기도의 공덕이기에 이것 또한 게으르지 않으리라 마음먹어 본다.

내일은 백두산 관광 가는 날!

엄마 아빠 백두산에서 좋은 정기 듬뿍 받아 너희들에게 아낌없이 보내리. 애국가에서만 불러본 백두산, 영상으로만 봐오던 백두산을 직접 볼 수 있는 행운에도 감사하고, 두만강에서 보트도 탄다니 꿈만 같은 일이고, 선구자에 나오는 일송정과 해란강, 윤동주 시인의 시비와 용정중학교도 방문한다니 꿈만 같다.

용정중학교는 여고 시절 한국 단편집에 자주 등장하는 곳이었고, 상상으로만 그려 봤던 일제시대에 선구자들이 많이 다니던 학교였던 것 같다.

어쨌든 역사적인 곳을 방문할 수 있다는 것은 큰 행복인 것 같아, 모든 이들에게 감사함을 드리고 싶다.

건강하게 백두산 정기 잘 받고, 옛 걸음이 많았던 그곳에서 어릴 적 읽었던 단편집과 연결을 해 보며 옛날 역사에 젖어 보련다.

잘 다녀와서 자세히 보고해 줄게.

공양간 봉사 끝내고 백두산 갈 채비하다 쓴 글

2013년 7월 6일

백두산 천지의 정기를 확연하게 볼 수 있었던 그 순간을 잊을 수가 없었다. 천지가 막 눈앞에 펼쳐지는 그 순간에 난 한 폭의 그림인 줄 알고 내 눈을 의심하면서 얼마나 환호성을 지르며 가슴이 뛰던지….

지금 생각해도 너무나 웅장하고 거대한 신기루 같은 모습에 잠깐 아찔했었다면 믿을 수 있을까? 그런데 정말이란다. 상상만의 천지가 확연하게 눈앞에 펼쳐지는 그 순간, 놀라움과 감탄으로 가슴이 마구 설레어 호흡을 가다듬어야 했단다.

때를 놓칠세라 마구 눌러댄 휴대폰 카메라는 그날 엄청 힘들었을 게다. 그 어마어마한 백두산 천지 신령님께 마음속에 품고 있었던 모든 발원 큰 소리 내어 발원하였나니, 그 원 다 풀어 주시고 이뤄 주실 거라는 큰 뜻 큰 품 안고 돌아왔노라.

돌아서지지 않는 발길에, 눈을 뗄 수가 없었던 황홀한 장관들을 가슴에 깊이 새기고 눈도장 확실히 찍어 놓고서야 돌릴 수 있었던 발길. 이 모든 백두산 천지의 정기가 분명 아들에게도 전달되었음을 엄마는 확신한다.

모든 것 다 잊고 깨끗하고 정갈한 마음으로 7월 한 달만 공부에 최선을 다해 주는 멋진 자신을 찾아 보자꾸나.

엄마 마음

7월 말에 있을 로스쿨 자격시험을 최상의 컨디션과 최상의 실력으로 최상의 성적을 내는 최상의 시험이 될 거라 엄마는 확신하기에, 잘 치를 거라 믿는다, 아들….

너무 스트레스 받지 말고 어차피 거쳐야 할 과제라면 즐겁고 가벼운 마음으로 최선을 다해 봄이 어떨까 한다.

아직도 공부에서 헤어나오지 못하고 무더위에도 매일 씨름하고 있을 아들!

좋은 날 만나자고, 행복한 날 찾으려고, 기쁨이 몇 배인 인생을 살아보려고 투자하는 것이기에 조금만 더 노력해 보자. 좀 더 참고 좋은 날 기대해 보자꾸나.

건강관리 잘하는 것도 시험 못지 않는 투자이기에 각별히 신경 쓰기 바라며, 기분도 다운되지 않게 마음 심성 잘 관리해 줄 것도 부탁한다.

부처님과 조상님께도 간절하게 바라나이다. 좋은 결과 있는 시험이 되게 해 달라고요. 엄마 기도는 꼭 통한다는 믿음을 가지며….

토요일 오후에 아들에게 쓰고 싶은 글

2013년 7월 10일

장마인가 싶으면 쨍쨍거리는 무더위가 오고, 장마철이면 제철답게 장맛비가 그럴듯하게 내려주고 화끈하게 장마의 끝을 보던지! 이것도 저것도 아닌 날씨로 매일매일 꿉꿉한 날씨가 이어지고 있구나.

뚜렷한 사계절이 있어 너무나 좋은 우리나라, 그런데 장마철은 좀 아닌 것도 같다. 한 곳에만 폭우가 내리면 매년 겪는 홍수로 큰 어려움도 늘 있는 법, 장마는 이름만 짓고 얼른 지나갔으면 한다.

그곳 펜실베니아에도 장마가 있는 건가? 갑자기 궁금해졌네. 있다면 아들은 영 불편하겠다. 기분도 다운되고, 방학이라 모든 학생들은 각자 집에 갔을 조용하고 외로운 도시에서 밀려오는 공부에 말동무도 없는 그런 생활을 하고 있을 테니깐.

하지만 다행이라 생각하고 지금 이 시간을 많이 활용해서 모든 것을 내 것으로 만드는 시험공부 잘할 수 있는 좋은 계기라 생각하고 맘껏 기량을 펼쳤으면 한다.

세상은 최선을 다하는 능력자에게 꼭 손을 들어주기에, 우린 그 능력자가 되기 위해 최선을 다하는 삶을 살려고 노력한다는 것, 그래서 세상은 공평한 거야.

억울함 없이 최선의 능력자에겐 그만큼의 높은 삶의 질을 주시

엄마 마음

기에, 불평할 수 없는 삶의 철칙에 인간은 다 순응할 수밖에 없는 것 아닐까?

늘 마음은 아들 곁에서 맴돌고 있지만, 요즘 한창 고비이면서도 힘들 것 같아 엄마는 엄마대로 마음 추스리며 기도만이 유일한 아들을 향한 보태기랄까!

빨리 시험 잘 치르고 홀가분해진 가볍고 밝은 모습 보고 싶구나. 우리 그날을 위해 오늘도 파이팅! 우리 아들….

우란분제 초제를 지내고 와서 쓴 글

38년 전 이때쯤 우리 딸이 태어난 날.

그날도 오늘처럼 무더운 장맛비가 쉴 새 없이 내렸다더라.

그때 그날 깨어나면서 처음으로 아련하게 했던 말은 "아들이에요 딸이에요?"가 아닌 "모두 다 정상이에요?"라고 했던 기억이 지금도 생생한 어제 일 같은데, 벌써 세월은 38년을 달렸다는구나!

잘 삐지는 것 말고는 엄마 힘들게 한 것 하나도 없는 내 딸.

동생 태어나기 전까진 집안의 꽃이었고, 말없이 묵묵히 엄마의 극성스런 교육법에도 군소리 한 번 없이 잘 따라준 내 딸.

그랬던 그 딸이 이리도 멀리 엄마랑 떨어져 살 줄은 꿈에도 생각지 못했는데…. 오늘은 왠지 딸이 많이 보고 싶다.

사랑은 내리사랑이라고 했던가. 딸이 엄마를 그리워하고 보고파하는 것보다, 엄마가 딸을 애달파하고 그리워하고 보고 싶어하는 것이 하늘과 땅보다도 더하다면 믿을랑가…. 전생의 몇 억겁의 인연으로 엄마 딸이 되어 준 내 딸, 진심 진정으로 사랑하고 고맙다.

유독 인이가 너를 많이 닮아, 옛 향수를 느끼게도 하고 너의 어린 모습을 그대로 보는 것 같아 짜릿할 만큼 사랑스럽고 귀여운 그 모습에 늘 행복했다.

요즘엔 열이가 매력덩어리로 많이 컸고 귀여운 짓도 많이 해 줘 여간 예쁜 게 아니더구나.

사랑스런 두 손주 덕에 딸 뺏긴 외로움도 그런대로 넘어가게 되더구나. 그것도 고맙고, 예쁘고 바쁘게 자기 영역 잘 지키고 있는 것도 고맙고, 이 세상에 완벽과 만점이란 없는 법이기에 지금과 같이 남편 내조도 잘하면서 아이들 건강하고 명석하게 잘 키워준 우리 딸 최고!

진짜 생일은 진정 오늘이기에, 멋지게 축하받는 기억에 남는 날로 만들었으면 좋겠구나.

엄마 딸! 오늘을 진심으로 축하한다.

2013년 7월 12일

인생의 수많은 모퉁이는 모두 인생의 선물이란다. 모퉁이 모퉁이마다에 어려움과 힘든 곳에선 인생의 지혜와 삶의 교훈이 숨어 있는 선물 보따리들이기에 그렇단다.

많은 모퉁이들을 잘 돌고 돌아서 아들의 결실인 큰 선물을 받은 엄마는 오늘 너무 행복하고 기뻤단다.

'고진감래'라는 사자성어가 딱 어울리는 오늘의 엄마 마음. 그동안 아들이 힘들고 외로운 자기와의 싸움에서 얼마나 힘들었을까를 생각하면 말문이 막히며 숙연해진다.

아들보다 먼저 도착한 박사학위증이 그동안의 모든 노고와 힘듬을 대신하는 증표임을 입증하노라였단다.

젊다는 것은 인생이라는 그림을 완성하기 전에 몇 번이고 고칠 수도 있고 수정하면서 완성도를 만들 수 있다는 특권이 있는 젊음에, 아들은 거의 高地를 만들어 가고 있는 것 같아 그동안의 노고에 엄마가 박수 많이 쳐줄게.

이런 맛에 사는 재미가 또 생기고 살아가는 힘과 활력도 가속이 붙는 삶의 재미! 고맙다, 그 맛을 느끼게 해 주어서.

아들 덕분에 엄마는 생각지도 않던 책도 출판할 수 있는 영광도 얻었고, 가끔 최 작가님이라고 불러 주는 이도 있어 엄청 쑥스럽

엄마 마음

지만 속으로는 좋기도 했단다.

이젠 이달 말에 있는 중요한 시험만, 최선의 최선을 다하는 좋은 결과가 있는 시험만을 위한 최선의 마무리를 잘해 주기만을 바란다.

아들, 그날의 좋은 결실 맺기를 바라며 엄마의 기도도 박차를 가할게. 아들 수고 고생 많았고, 진짜로 고맙다.

엄마가 제일 기쁜 날

　지금 마지막 피치를 올리느라 얼마나 힘들까를 잘 아는 엄마이기에, 아들의 고충이 엄마 가슴에 확 와 닿는구나. 멈춤 없이 해온 공부가 이젠 엄청 힘들고 어려울 거라는 거 보지 않고 듣지 않아도 엄마는 잘 안단다.

　아들! 정상이 얼마 안 남았으니 마지막으로 최선을 다해 보자꾸나. 찌는 듯한 더위도 혼자 남은 외로움도 자신과의 싸움에선 장애가 될 수 없는 일이기에, 얼마 안 남은 그날을 위해 부드러운 채찍을 아들에게 해 주고 싶구나.

　훗날 후회하는 일이 없을 아들을 위해서라면, 엄마는 그 채찍을 기꺼이 해 주련다. 지금의 쓴약이 훗날 아들에겐 큰 영양분이 될 테니깐 말이다.

　아들! 정말로 며칠 안 남은 그날을 위해 특별히 건강 조심하고 안전 운전으로 무사히 버팔로 시험장이 있는 그곳까지 잘 도착하길 바란다. 피곤하지 않게 서행 운전하고 가벼운 마음으로 좋아하는 음악 들으며 기분 다운되지 않고 목적지까지 잘 도착하길 바란다.

　그리고 긴장하지 말고 편한 마음으로 아들이 가지고 있는 모든 실력 다 쏟아부을 수 있는 최상의 시험이 되도록 엄마가 기도할

게. 부처님께서도 아들의 기도는 꼭 들어주실 거라 믿기에 엄마가 기도 열심히 할게, 아들아!

부처님과 엄마만 믿고 편한 마음으로 있는 모든 실력 다 발휘할 수 있는 시간이 될 거라 엄마는 꼭 믿는다.

아들아!

엄마 말만 믿고 편한 마음으로 쏟아부울 수 있는 에너지와 건강만은 아들이 잘 관리해 주었으면 한다.

이틀 동안 시험을 치르려면 건강이 아주 중요하거든. 시험 기간 중에 먹을 음식도 미리 장만하거나 생각해 두어야 할 것 같다.

중요한 시기에 곁에서 챙겨주지 못해 정말 미안하다, 아들아.

아들의 건투를 빌며 파이팅!

큰 시험을 며칠 앞둔 아들을 걱정하며 쓴 글

아들에게 큰 힘은 못 된다만, 엄마는 이럴 때 아들에게 꼭 해주고 싶은 충고가 있단다. 며칠 안 남은 지금 시점에선 책에서 얻어지는 것보다, 마음을 정화시키면서 깊은 호흡으로 마음을 안정시키고 편하게 모든 일을 대처하는 '마음 다스리기'가 가장 중요하면서도 큰 효과가 있을 것 같다.

실력은 그동안에 모아 둔 보물보따리를 몽땅 시험장에서 풀기로 하고, 지금은 편하고 안정된 마음 갖기 훈련만이 큰 도움이 될 것 같아 아들에게 전해 주노니, 귓등으로 듣지 말고 실천해 본다면 참 좋을 텐데….

전화기로 들려온 목소리는 많이 들뜨고 흔들려 보여서 걱정스런 마음이었단다. 웬만해선 그런 목소리를 낼 아들이 아닌데, 많이 긴장되고 안정이 안 된 목소리가 계속 메아리처럼 들려온다.

이제 모든 건 던져질 일이기에, 그날 누가 더 차분히 침착하게 대처하느냐가 승패를 가름한단다. 모든 건 운명이야. 꼭 그 일을 해야 할 사람에겐 기회를 주실 것이기에, 지금부터의 긴장은 본인이 호흡 조절이나 나름대로 적당한 방법으로 컨트롤해 주었으면 한다. 그 길만이 큰일을 치러야 할 최상의 방법이기에, 지금부턴 책은 덮고 편하고 긍정적인 생각만으로 마음을 지배했으면 좋겠다.

시험장 입실시간도 넉넉히 여유를 두고, 금기물도 확인 잘하고 꼭 있어야 할 서류나 수험표, 필기도구 등 꼼꼼히 살피는 데 시간 투자를 해야 할 것 같구나.

　아들! 버팔로까지 운전도 만만치 않을 텐데 좋아하는 차분한 음악 들으며 여유롭게 즐기면서 갔으면 좋겠구나. 어쨌든 힘든 것도 마음공부도 아들 몫이기에 서두르지 말고 차분한 마음으로 모든 일을 대처했으면 좋겠다.

　아들 곁에는 늘 든든한 부처님께서 보호해 주시고 영험도 내려 주시면서 큰 가피까지 쏘아 주실 테니, 큰 후원자로 믿고 의지하면서 최선의 답안지만을 채울 수 있는 명답이 될 거라 엄마는 굳게 믿는다.

　아들 건강 관리도 큰 몫이거늘 꼭 잘 챙기길 바란다.

아들의 든든한 후원자인 엄마가

2013년 8월 3일

아들, 정말 수고했다!

제일 큰 고지를 넘었으니 이젠 겸허한 마음으로 좋은 결과만을 기다릴 시간이구나. 먼곳까지 달려가 최선의 힘을 다 쏟았을 아들을 힘껏 안아주고 맘껏 쓰다듬어 주고 싶구나, 수고하고 애썼다고….

이젠 미국에서의 공부도 다 끝내고 한국에 돌아올 마지막 마무리만이 남았구나.

정들고 애틋한 시간을 보냈을 펜실베니아의 추억들을 하나하나 정리해야 할 시간만이 아들을 기다리겠구나! 힘들고 행복하기도 했을 펜실베니아의 생활은, 공부를 마지막 정리하게 될 추억의 도시로 아름답고 정겹게 남아 있을 거라 믿는다.

전엔 몰랐지만 이제 생각하니, 계속 영국에서의 공부만이 아닌 마지막은 미국에서 마무리를 해 주어 참 다행이라 생각한다.

물론 나라가 바뀌어서 공부하는 아들은 참 힘들고 어려웠을 테지만, 지금 생각하니 참 다행이란 생각에 그동안의 노고에 찬사를 보낸단다.

이젠 힘든 시험도 끝나고 펜실베니아의 추억도 정리해야 할 시간이란다. 그곳에 감사함은 물론이고 아들에게 베풀어 준 모든

엄마 마음

이들과, 모든 것에 아낌없이 감사의 표현을 하고 마무리도 잘했으면 좋겠구나.

아들아!

그동안 긴 세월 긴 시간을 외국에서 외롭고 힘든 생활을 했을 우리 아들. 끝까지 잘 버텨 주었고 착실하게 걱정 끼치지 않고 마무리까지 깔끔하게 해 준 우리 아들, 엄마는 얼마나 힘든 줄을 알기에 아낌없는 찬사, 찬사를 보낸다.

한국에서의 모든 일도 다 잘 풀릴 거라는 확신이 있기에, 우리 아들에게 힘찬 격려를 보낸다.

마무리까지 잘 할 수 있게 늘 곁에서 함께해 주신 부처님!

진심으로 감사하고 고맙습니다.

한국에 도착하는 그날까지도 건강한 모습으로 도착할 수 있게 부처님께 기도 올립니다.

한국에 올 아들을 기다리며 쓴 글

2013년 8월 10일

오늘도 요사스러운 날씨는 여우가 시집을 가나, 대낮에도 천지가 시커멓다가 천둥 번개에 소나기가 귀청 떨어질 듯이 쏟아지더니, 이젠 햇빛은 쨍쨍 모래알은 반짝이란다.

그런데 어찌나 습도가 높은지 온몸이 끈적끈적하다. 그래서 지독한 가을녀는 더욱더 가을이 그립고 기다려지는지도 모르겠구나.

그리운 가을이여!

올해는 또 얼마나 심한 가을앓이를 하게 될까. 가을을 맘껏 만끽할 수 있는 그날을 난 지금부터 기다려 본다.

마침 10월엔 그리도 기다리던 남프랑스 여행이 결정되어, 올해 가을맞이는 정겹고 낭만이 쏟아지는 남프랑스에서 보내게 된 것이 너무 행복하다.

니스, 칸, 아비뇽, 모나코, 생폴드방스, 메르돔, 엑상프로방스, 마르세유, 툴루즈….

가을을 무척이나 사랑하는 내가, 가을과 가장 운치 있고 멋진 곳에서 가을 문을 열게 되어 지금부터 엄마는 많이 행복하단다. 마침 아들도 한국에 와 있을 때여서 너무 좋다.

아빠 혼자가 아닌 아들이 있기에 父子가 함께 지낼 수 있는 좋은 시간이 될 거라 믿는다, 아들아.

이젠 하루밖에 안 남은 뉴욕에서도 잘 마무리하고 조카들에게도 알아들을 수 있게 잘 설명해 주어 상처받지 않고 섭섭하지 않도록 잘 다독거려 주었으면 한다.

사랑스런 나의 아들!

부디 고국에 돌아와서도 하고 싶은 일 다 이루고, 원하는 것 다 이룰 수 있는 좋은 날만이 있길 간절히 바란다.

엄마의 간절한 소원 꼭 이룰 수 있게 해 달라고 부처님께 오늘도 내일도 기도하는 엄마는, 기도할 수 있어 매일이 행복하다.

다 이룰 수 있는 아들에게

아주 많이 멀게만 느껴지던 3년의 세월이 오긴 오더구나.

영국에 있을 땐 늘 누나와 같은 나라에 있었으면 얼마나 좋을까?

그리도 예뻐하던 동생, 꽤 많이 사랑하고 아끼던 동생이기에 그런 꿈 많이 꿔봤었다.

그래서 이번에 미국행은 얼마나 반갑고 좋던지!

우리 딸과 사위, 정말 고맙고 수고 많았다. 수시로 돌봐 주고 챙겨 주고 관심 써준 모든 것 다 알고 있기에, 고맙다는 말 아낌없이 하고 싶구나.

너무도 사랑하는 동생에게는 능히 할 수 있는 일이라 생각하지만, 처남에게까지 사랑 베풀어 줘서 사위에게도 고맙다는 말 진심으로 하고 싶단다. "자네 고마웠어"라고.

말수는 적지만 사리 판단만큼은 정확한 아들이기에, 매형한테도 큰 예의 어긋난 행실은 안했을 거라 믿지만, 잘 보듬어 주고 사랑해 준 그동안의 노고를 많이 치하해 주고 싶다네.

이젠 예전처럼 삼촌이 가끔 들를 수 없음이 두 아이들에겐 많이 미안하고, 삼촌과의 애틋한 사랑 나눌 수 없음이 마음 아프구나.

그래도 한창 예쁘고 사랑스러울 때 조카들과 좋은 추억 많이 만든 내 아들도 그 시절이 많이 그리울 거라 짐작한다.

엄마 마음

내 딸, 내 사위!

많이 챙겨 주고 신경써 주고 베풀어 준 사랑, 인생에 공짜는 없는 법이기에 먼 훗날 아주 큰 사랑의 보따리로 받을 수 있는 날이 꼭 올 거라 믿는다.

정말 수고 많았고, 부처님께서도 너희들의 공덕은 큰 가피로 보답해 주실 거라 엄마는 믿는다.

식구들 건강하고 사업 번창하는 좋은 일들만 있기를 기원하고 기도드린다.

동생과 처남을 떠나보낸 딸과 사위를 생각하며 쓴 글

지난겨울은 무척 추웠기에 올여름은 틀림없이 큰 폭염이 올 거라고는 예상했지만, 이렇게 심한 폭염 속에서 7, 8월을 보내게 될 줄은 몰랐단다.

그동안 우리 인간들이 지구를 너무나 함부로 다루고 마구 써 온 것에 대한 대가인 줄은 알지만, 서서히 엄습해 오는 지구의 재앙이 큰 공포로 떠오를 걸 생각하면 죗값이 아주 무섭게 다가올 것만 같구나.

하지만 추분도 처서도 지났으니 화려한 색깔로 단풍이 들 가을은 어김없이 찾아올 것이다, 그게 계절의 순리이기에….

우리나라가 해방된 8월 15일, 뜻깊고 역사적으로 큰 의미가 있는 그 광복절날 아들이 그동안 모든 것 다 이루고 고국에 돌아온 날이다.

그동안 캘린더의 권수를 수없이 갈아치웠던 많은 시간들, 아들이 영국과 미국에서 공부하느라 많은 시간을 함께한 그 노력과 수고와 외로움을 엄마는 다 헤아릴 수가 있단다.

그동안 겪었던 수많은 인내와 노력에는 분명 큰 대가가 꼭 있을 거라 믿는다. 그것도 숨길 수 없는 진리이기 때문에, 아들에겐 곧 획기적인 좋은 기회가 많이 올 거란다.

새벽 운동도 하루이틀 하고 그만둘 줄 알았던 엄마의 부질없는 생각에 아들은 엄마를 놀라게 하는 저력을 보여 주고 있어 얼마나 기쁜지 모르겠구나.

　실망 주지 않아 얼마나 고맙고 예쁜지. 노력한 만큼의 대가는 꼭 있는 법. 그렇지 않아도 멋진 우리 아들, 한 몸매 보여 주세요! 새벽 운동하는 모습 매일 보면서 행복할 수 있게 만들어 주세요.

　아들, 아들 곁에는 부처님의 자비로움과 가피가 함께하시기에 이루고 싶은 모든 것 다 이루게 해 주십니다.

　부처님, 감사합니다.

든든한 아들을 생각하며 쓴 글

2013년 8월 30일

내 머리에는 지식이 가득했지만, 알 수 없는 무언가도 뒤섞여 내 마음 나도 모를 때가, 옳고 그름의 형체도 무분별하게 나를 감싸안아 줄 때, 인간은 바른 삶을 찾아 안주하고 싶어지는 생각이 정상이라 여겨진단다.

이젠 여러 가지 일로 정상궤도를 달려야 할 아들이기에, 또 결코 이른 나이가 아니기에 엄마는 아들의 삶에 참견을 아니할 수가 없구나.

똑 부러지게 안심할 수 있는 계기도 아닌 것 같고, 세월의 허리끈을 졸라맬 수도 없는 상황이고 보니, 삶이란 문턱에서 마냥 기다리며 쳐다볼 수밖에 없는 지금의 엄마 마음이란다.

본인 일을 잘 알아서 할 거라는 믿음은 늘 깔려 있지만, 삶은 누구를 기다려 주지 않는 야속함이 있기에 자신이 삶이란 존재 속에 스피드를 넣어 줘야 한단다. 그 스피드가 항상 부족한 것 같아 오늘도 엄마는 아들에게 돌아돌아 메시지 날린다.

느긋함도 삶에선 필요할 때도 있지만, 지금은 강한 스피드를 내어 인생의 화끈한 정착지를 찾을 때가 아닐까.

직장이란 안식처가 엄마는 매우 조급함을 말하면 아들에겐 한 소리 들을 것 같지만 어쩔 수 없는 지금의 엄마 심정이란다.

아들이 추진하고 생각하고 바라는 것이 무엇인지를 자세히 설명이라도 해 주면 좋으련만, 해 줄 수 있겠니?

생의 전부가 아들이라고 해도 과언이 아닌 엄마의 간절함을 아들은 알랑가 몰라!

어쨌든 매일 운동 열심히 하고 밝은 모습, 씩씩하고 정겨운 아들 모습이 엄마에겐 매일매일의 엔돌핀이며 사랑스러움이란다.

이런 우리 아들에게 본인이 이룰 수 있는 모든 것 다 이룰 수 있도록 부처님께선 늘 아들 곁에서 크나크신 가피를 내려주신단다.

부처님! 감사합니다.

아들의 미래를 걱정하며

 2013년 9월 25일

그리도 악착을 떨며 물러날 기색이 없던 여름도 가을에 등떠밀려 서서히 기울고 있는 모습이 꼭 우리네 인생사 같다.

아무리 잘났어도 나이 먹고 늙으면 힘빠지고 기운 없어 뒷방 신세가 되듯이, 계절의 변화도 별수 없이 밀려나는 격이 되었다만, 그래도 앙상한 가지에선 봄이면 싱그럽게 새순이 돋아난다.

우리네 인생은 한번 시들면 영원히 그만인 것을, 그래서 순간순간 일분 일초도 아름답게 성실하게 후회하지 않게 열심히 최선을 다해야 한다는 게 엄마의 생각이다.

늘 그런 마음으로 산다만 부족하고 모자람이 많은 엄마이기에, 아들에겐 실수 없는 제대로 된 멋진 길을 안내해 주고 싶은 마음 너무나도 크단다.

그래서 적극적으로 먼저 두드리는 모습도 보고 싶고, 많은 정보 입수해서 도전해 보는 생활인의 모습도 보고 싶고, 지금 시점에선 배려나 여유보다 단단해진 마음가짐과 적극적인 현실인이 되었으면 하는 바람이 크단다.

사랑하는 아들, 이 모든 일이 한치의 착오 없이 잘 풀릴 거라는 큰 기대감으로 오늘도 내일도 엄마는 기도할 거야.

운동 열심히 해서 멋진 건강미도 꼭 보여 주길 바란다.

엄마 마음

파란 물감을 풀어놓아도, 짙은 잉크물을 한 양동이 풀어놓아도 만들어 낼 수도 흉내낼 수도 없는 그 어마어마한 빛을 가을은 빚어내고 만들어 낸다는 사실에, 난 가을녀가 된 지 꽤나 오래된 것 같다.

그 좋은 가을에 그 멋진 니스를 보았고, 칸을 거닐었고 마르세유 항구에서 바닷내음도 맡아 보았고, 모나코의 정경과 에즈와 아를의 구시가지 골목을 누비며 좋아하는 쇼핑도 맘껏 하며, 10월의 아주 멋진 날을 남프랑스에서 보낸 2013년 가을의 문을 화려하게 열었단다.

모두에게 감사한다, 특히 남편에게. 갈 수 있는 여건도 환경도 격려도 다 만들어 준 남편에게 진심으로 고맙고 감사함이 주렁주렁이란다. 그리고 우리 아들도….

꼭 가볼 만한 곳이기에 꼭 가야 한다고 늘 격려의 힘이 컸기에 갔다 올 수 있는 기회가 오지 않았나 하고 고마움을 전해 본다.

한국의 가을빛, 너무 사랑하고 아름답고 춤을 출 듯이 예쁘단다. 헌데 늘 가볼 수도 느낄 수도 없는 니스나 칸이나 앙티브나 에즈와 아를이나 모나코이기에, 그 하늘빛은 더욱더 새롭고 가슴 깊이 아롱져 있단다.

남프랑스의 드높은 코발트빛 하늘은 티없이 아름다웠고, 밤 하늘의 쏟아지는 별빛은 더욱더 내 마음을 송두리째 흔들고 말았단다.

조금 있으면 단풍의 화려함이 나를 매료시킬 터이고, 어쩜 좋을까나, 이 좋은 가을을….

올해도 심하게 가을앓이를 한바탕 겪을 일이 너무 행복하다.

매년 어김없이 찾아와 주는 가을이여, 많이 고맙데이.

좋은 소식도 함께 많이 와 주구려~

좋은 소식, 기쁜 소식과 함께 이 가을을 보내고 싶은 엄마가

엄마 마음

많이도 왔더구나. 올해도 벌써 10월 말까지 달려온 내 모습에 내가 놀라고 말았으니….

빨리도 달려간다. 누가 기다리는 것도 아닌데, 와 이리 달리는지, 고삐가 있음 확 낚아채고 싶은 심정이다

그래도 난 지금이 좋다, 가을이기에….

계속 가을만 있으면 좋겠는데, 그럼 자연의 운치도 엉망이고, 계절 변화의 묘미도 없을 테니 지금 맞이하는 가을만으로 '가을녀'는 만족하겠나이다. 대신 멋지고 운치 있고 감동과 사랑이 있는 이 가을을 보내고 싶단다.

아직도 이 나이에 가을 타령이나 하고 있는 내 자신을 보면, 철이 있는 건지, 나이를 잊고 사는 사춘기도 아닐 테고, 그래도 난 가을을 아주 사랑하는 가을녀로 남고 싶다.

어느 해인가, 아들과 덕수궁 돌담을 끼고 널부러진 노란 은행잎을 밟으며 바람에 우수수 떨어지는 은행잎 사이로 흥분해서 걷던 그 길, 가을만 되면 생각난단다.

수북이 쌓인 은행잎 끝자락에 있는 분식집에서 떡볶기와 어묵을 먹고, 바로 길 건너 화랑에서 스님이 그리신 동산에 누워 있는 순박한 어린아이 그림을 샀던 그리움. 그 그림은 뉴욕까지 갔다

가 다시 아들 방에서 행복하게 보이는 아이들의 모습이 있어 너무 좋더구나. 이번에 잘 가지고 온 것 같아! 아들방 들여다볼 때마다 내 얼굴엔 미소가 한다발이란다.

그 미소의 의미는 나만이 알고 있는 특급 비밀이었는데, 올해도 단풍이 다 지기 전에 그곳에 가고 싶다. 그리고 예쁜 화랑에서 그만큼 예쁜 그림도 만나고 싶다.

아빠와는 매년 가을이면 찾았던 장곡사의 마력을 올해도 꼭 맛보리라. 그렇지 않으면 이 가을은 가지 못하고 나를 기다리고 있을 테니, 내 꼭 가보리라.

내 마음에 가을은 내 영혼과 마음을 풍성하고 아름답게 만들어 줄 거라 믿기에, 난 가을이 참 좋다.

2013년 11월 6일

　기나긴 유학 생활에 늘 마음이 아팠던 아들이 좋은 소식으로 종지부를 찍어 주어 얼마나 기뻤는지 모른다.

　영국에서 미국으로 스타일이 완전히 다른 수업이나 생활에 적응하기도 엄청 힘들었을 우리 아들!

　정말 대견하고 장한 우리 아들에게 큰 찬사를 보낸다.

　엄마가 늘 우리 아들에겐 좋은 일만 있을 것을 믿고 한치의 의심도 없이 매일 기도하는 마음으로 살아온 엄마와 아들은 서로 일맥상통하지 않았을까? 그렇게 믿고 싶다.

　어떠한 찬사도 아깝지 않은 우리 아들, 마지막 마침표를 멋지게 장식해 주어 얼마나 고마운지 모르겠다.

　긴 유학 생활에 자신을 다그치며 절제하고 냉혹하게 채찍질 해가며 지낸 그 습관 접지 말고 계속 유지하면서 한국에서의 생활도 시작했으면 한다.

　이제 시작이거늘, 게으름 없이 성실하고 건강 다지면서 우뚝 선 희망의 내일을 기대해 본다, 아들아.

　실망시키지 않고 잘 해낼 거라는 아들에 대한 믿음을 엄마는 또 한번 걸어본다.

　엄마는 뒷배경에 늘 둥근 해가 환하게 비추고 있을 우리 아들의 자화상을 매일매일 그려볼란다.

생각은 곧 현실이기에 밝고 힘차고 패기 있고 쫙 뻗어나가는 고속도로의 막힘 없는 형상이 곧 아들의 인생이기에, 그것두 할란다 엄마는….

부처님, 감사합니다. 유학 시절 내내 늘 함께하여 주시고 마지막까지도 좋은 결실 맺게 해 주신 부처님, 진심으로 감사드리고 고맙습니다. 앞으로도 계속 아들 곁에 계시면서 건강도 돌봐주시고 모든 일 막힘 없이 술술 다 잘 풀리게 도와주십시오.

부처님의 가피를 저는 확실하게 믿습니다. 진심으로 머리 조아려 감사드립니다.

부처님께 감사하는 마음으로 쓴 글

2013년 11월 17일

11월 중순이면 첫눈이 내렸던 기억이 난다. 이때쯤엔 밍크숄도 꺼냈던 기억도 있다. 헌데 요즘 날씨는 아직도 맑고 파란 하늘에 포근함까지 주는 전형적인 초가을 날씨여서 너무 좋다.

반면 단풍색이 너무 밉지만 서울 곳곳에선 아직도 노란 은행잎을 볼 수 있어 어쨌든 난 너무 좋다.

움츠러드는 추운 겨울보다 지금이 참 좋다. 결국 계절 찾아 곧 겨울은 오겠지만.

아들과 동행한 덕수궁 돌담길에 은행잎은 예전처럼 예쁘진 않았지만 바닐라 라떼 향을 맡으며 가을을 보낼 준비를 했고, 아빠와 아들과 함께 칠갑산 장곡사의 가을을 밟으며 내 마음의 가을을 보냈었는데, 서울의 가을빛은 아직도 가을의 끝을 놓아 주지 않고 있는 것 같다.

늦가을비 한자락이면 맥 못 추고 떠날 가을이여! 잘 가소서.

무지하고 인정사정없이 가을을 엄청 사랑하는 아내와 엄마를 위해 아낌없이 시간과 사랑품을 팔아준 남편과 아들에게 고맙다는 답례, 사랑으로 꼭 되돌려주고 싶다.

아들아, 얼마 남지 않은 달력의 숫자가 엄마는 몹시 걸린다. 해 넘어가기 전엔 우리 아들이 꼭 해야 할 숙제가 있는 것 같은데, 그 숙제가 해결이 안 된 것 같아 마지막 숫자들의 흐름을 잡고 싶은 심정이다.

아들! 좀 더 적극적으로 취해 보면 어떨까?

소극적으로 안주하는 것 같아 막 당겨 주고 끌어 주고 떠밀어 주고 싶은 엄마 심정. 너무 안일하게 생각 말고 적극적인 행동과 모습으로 좋은 소식 올해 안에 꼭 듣고 싶다.

부처님께선 너의 발원 다 들어주실 채비를 하고 계신데, 아들이 아직 청을 안 드리는 것 같구나.

빠른 시일 내에 꼭 청을 드리렴.

부처님께선 기다리고 계신단다, 아들아!

2013년 12월 9일

　칠흑같은 어둠에 온종일 눈도 아닌 비가 실금실금 맥없이 내려 주고 있는 요상한 오늘 날씨다.

　12월 중순 정도면 눈송이라도 화끈하게 내리든지, 실실 내리는 12월에 비 소식은 영 아니구나. 매력도 없고 강한 펀치도 없는….

　아빠는 오늘 일본 출장길 떠나시고, 아들과 둘이 있는 오붓한 시간이긴만, 오늘 아들 기분은 날씨만큼이나 많이 흐려 있는 것 같더구나.

　엄마는 아들 마음 속시원히 화끈하게 풀릴 때까지 풀어 주고 싶건만, 아들은 한치의 대화도 허락지 않고 단단한 속마음을 풀려고 하지 않아 답답하고 속상할 때가 참 많다.

　아들 상황이 좋으면 좋은 대로 안 좋으면 안 좋은 대로 지금의 그대로를 엄마와 얘기해 보면 좋으련만, 흐린 얼굴빛이 엄마를 더 속타게 한단다.

　세상일 내 맘대로만 이루어지는 게 아닌 것이기에, 마음 편히 느긋한 기다림은 얼마나 더 어려운가도 잘 아는 엄마이기에 지금의 아들 마음 잘 안다.

　더 좋은 곳에서 쓰임새 있게 더 잘 쓰일 테니 시간이 좀 더 걸리나 보다라고 여유 있는 마음가짐으로 2014년을 환희에 찬 희망과 대망의 환한 얼굴로 맞이하길 바란단다.

아들 힘내! 내년에도 올해만큼이나 대망의 해이고 아들이 이루고 싶은 모든 것 다 이루는 멋진 한 해가 될 테니깐.

아들의 영원한 팬인 부처님도 계시고 아들 바보인 엄마의 기도도 있으니깐, 내년에는 아들이 바라는 그 어떤 것도 안 이루어지는 게 없을 거란다.

아들 기운 내고 얼마 남지 않은 12월도 멋지게 보내고, 밝은 2014년 화끈하게 맞이하자.

우리 아들 파이팅!

비가 아니고 눈이었으면 하는 날

흰눈이 많이 핀 어제 청와대 관람을 하고 왔다. 물론 예전같으면 어림 반푼어치도 없고 상상도 할 수 없었던 일이다.

이게 현실인가? 안보엔 이상이 없을까? 하도 요상한 시대를 살다 보니 궁금보다는 걱정이 티산이었고, '국태민안'에 더 관심이 많았던 것 같다. 데모가 극에 달했고 정치적으로나 안보가 아주 불안했던 대학시절을 보낸 나로서는 이런 날도 오긴 오는구나 하고 반가운 마음이 앞섰다.

12월 마지막 걸려 있는 한 장의 달력도 오늘이 중반이란다.

진짜로 눈 한번 깜짝한 것밖에 없는 것 같은데 365일이 지났단다. 정신 바짝 차려 내년을 맞이하련다. 멋지고 훌륭한 2014년이 되도록.

아들도 내년엔 좋은 소식, 좋은 일만 있을 거란 확신이 있기에 반갑게 2014년을 맞이하자꾸나.

올해도 엄마 아빠한테 좋은 소식, 기쁜 일 많이 안겨 주어 고마웠지만, 내년엔 더 좋은 소식과 선물을 우리에게 베풀 거라 확신하며 기대해 볼란다.

늘 엄마 아빠에게 사랑과 꿈과 희망만을 주는 내 아들! 그대는 영원한 도전자이며 승리자이어라!

2014

쥐고 있는 것이 많으면 손이 아프고, 잡고 있는 것이 많으면 팔이 아프고, 이고 있는 것이 많으면 목이 아프고, 생각하는 것이 많으면 머리가 아프고, 품고 있는 것이 많으면 마음이 아프다. 그래서 다 내려놓으란다. 그래야 아픔이 없는 삶을 살 수 있단다. 내려놓음이 이렇게 좋은 줄 누군들 모를까냐만, 인간사 사는 일이 그리 호락호락하지 않기에, 그리고 내려놓는 그 자체가 얼마나 어려운 것인 줄 알기에 감히 시도는커녕 생각도 못해 보는 것이 다반사이거늘. 그래도 인간이 살아가면서 하나쯤 염원이 있는 것도 삶의 큰 활력이 되지 않을까가 엄마의 생각이다.

 2014년 1월 10일

갑오년의 청마도 힘차게 달린 지 열흘이 지났구나.

어제 송구영신법회를 가진 것 같은데 벌써라니!

세월의 흐름엔 늘 놀라고 겁이 날 지경이란다.

하지만 그 흐름 속에서도 내 아들에겐 꼭 축복의 화신이 문을 열어 줄 거라는 큰 기대감 속에서 엄마는 오늘도 기다린다, 좋은 소식을….

기대 저버리지 않을 소식이기에 조용히 가만히, 헌데 힘차고 패기 넘치는 승부욕으로 오늘도 기다린다, 그 소식을….

아들이 그 많은 세월 쏟았을 외로운 공로의 결실물은 분명 화려할 거라 믿는다.

긴 세월 유학이라는 외로움과 힘든 고행길에서도 어린 나이를 아주 잘 보냈고, 잘 자라준 보답의 결실은 아주 클 거라 믿는 엄마는 오늘도 아주 행복하단다.

그 아들이 지금은 내 곁에 있다는 사실만으로도 매일매일 기쁨이 충만한 엄마이기에….

자신이 스스로 자신을 사랑하고 인정하고 희망을 주는 자만이 인생의 승리자가 될 수 있듯이, 아들은 이 모든 것을 다 갖춘 완소남이라는 것을 잊으면 안 된다.

엄마 마음

내 사랑, 나의 아들!

힘찬 청마의 기합처럼, 맘껏 누비고 맘껏 활개치며 맘껏 달릴 수 있는 힘차고 좋은 운기를 부처님께선 너에게 선물하실 것이다. 그 선물 소중히 잘 받아 맘껏 힘찬 기운으로, 갑오년을 멋지고 인생에서 길이길이 기억되는 '축복의 해'가 꼭 될 것이라 믿는다, 아들아!

아들을 믿고 사랑하는 엄마가

2014년 1월 21일

33년의 세월을 내 아들로 사랑스럽게 잘 자라온 나의 아들!

긴 세월 유학으로 제대로 보살펴 주지 못한 내 아들이기에, 이 젠 곁에서 생일을 맞이할 수 있으니 어이 기쁘지 않겠니.

겨울방학이 짧아서 늘 영국에서 쓸쓸하고 외로웠을 아들 생일!

이번부터는 엄마가 맘껏 차리고 축하할 수 있고, 생일 불공까 지 엄마 아빠 아들과 함께 기도할 수 있었던 최고의 생일로 기억 되리라.

늘 엄마 아빠만 참석했던 아들 생일 불공을, 아들까지 함께 드 릴 수 있었던 33번째 생일, 진심으로 축하한다.

어떠한 미사여구를 구사해도 손색이 없는 나의 아들이여!

세상이 갖고 있는 아름다운 모든 언어와 단어를 다 찾아 쓴다 해도 한치의 착오 없이 멋지게 딱 들어맞을 나의 아들. 어찌 사랑 하지 않겠노라, 어찌 든든하지 않겠노라.

2014년에도 작년에 빛을 발해 주던 것보다도 더 많은 빛의 광 채를 발할 거라고 엄마는 굳게 믿는다. 더 큰 빛을 내며 큰 힘과 광채까지 빛을 내줄 나의 아들의 큰 힘을 부처님께선 꼭 들어주신 단다.

한 걸음 한 걸음을 탄탄하게 진실되게 최선을 다해서 다져온

엄마 마음

아들의 삶이기에, 허공의 모든 존재들까지도 부인할 수 없는 최상의 빛은 아들의 몫이란다.

지금의 이 모든 찬란한 광채는 아들 스스로가 멋지고 참되게 그동안 다져온 산물의 결과이기에, 당연히 받을 수 있는 인생의 선물!

멋지고 당당하게 인생의 선물을 활짝 패기 있게 받기 바란다.

아들의 멋지고 행복하고 건강한 2014년을 위하여 파이팅!

아들의 양력 생일날 쓴 글

2014년 1월 25일

쥐고 있는 것이 많으면 손이 아프고, 잡고 있는 것이 많으면 팔이 아프고, 이고 있는 것이 많으면 목이 아프고, 생각하는 것이 많으면 머리가 아프고, 품고 있는 것이 많으면 마음이 아프다.

그래서 다 내려놓으란다. 그래야 아픔이 없는 삶을 살 수 있단다. 내려놓음이 이렇게 좋은 줄 누군들 모를까냐만, 인간사 사는 일이 그리 호락호락하지 않기에, 그리고 내려놓는 그 자체가 얼마나 어려운 것인 줄 알기에 감히 시도는커녕 생각도 못해 보는 것이 다반사이거늘.

그래도 인간이 살아가면서 하나쯤 염원이 있는 것도 삶의 큰 활력이 되지 않을까가 엄마의 생각이다.

염원을 향해 질주하는 삶의 모습이, 욕심이 아닌 사랑으로 보일 수도 있기 때문이라 여겨지기도 한단다. 그래야 발전도 있는 법이고, 이루고 싶은 염원이 이루어졌을 때 쾌감이란 통쾌 그 자체가 아닐까?

아들의 염원이 뭔지는 몰라도 인생의 큰 힘과 도움이 될 수 있는 광명이 빛나는 광채의 염원이었으면 한다.

염원도 없이 힘없는 삶을 바라지 않는 엄마로선, 아들의 크고 힘찬 염원의 소리를 듣고 싶고 이뤄 내는 장한 모습도 보고 싶다.

엄마 마음

꼭 모든 염원 다 이루도록 도와주실 부처님께선 늘 아들을 응원하고 계신단다.

모든 것 다 이루고 성공시킬 우리 아들!

2014년도에도 청마처럼 신나게 달리고 소원 성취하소서!

엄마의 염원이기도 하단다.

아들 파이팅!

아들의 꿈을 향해서 쓴 글

동장군의 서슬이 시퍼런 추위가 맹위를 떨치고도 남을 2월 중순의 날씨가 참 어이없게도 계속 영상을 치닫고 있단다.

강원도엔 열흘 넘게 대폭설이 내려 마을이 고립되고 교통이 마비되고, 산짐승들은 먹이도 없고 추워서 아사하는 고통을 겪고 있는데, 남쪽에선 매화꽃이 피었단다.

우리나라가 이렇게나 넓었었나!

폭설에 영상 기온에 꽃도 피었다니, 어느 장단에 맞춰 계절을 섬겨야 할지 모를 판국이다.

겨울은 겨울답게 추워야 봄맞이가 기쁘고도 예쁠 텐데, 영 엉망인 계절에 적응도 쉽지만은 않구나.

아들, 이번에 많이 아팠지?

감기보다는 몸살이었던 것 같다. 엄마가 옆에서 돌봐주고 먹을 것을 챙겨 주었어도 몸살의 아픔은 아픔이거늘, 먼 타국에서 오랜 세월 지내다 보면 몸도 아팠을 아들을 생각하니 엄마 가슴이 뜨끔하고 어찌나 아프던지.

혼자서 얼마나 힘들었을까, 얼마나 외로웠을까, 얼마나 더 아팠을까 생각하니 엄마 마음이 저려오더구나. 특히 아들은 아프면 편도선 때문에 고열로 많은 고통을 겪게 되는데, 어떻게 그 고통과 괴로움과 외로움을 견뎠을까, 생각만 해도 엄마는 눈물이 치솟고 마음이 아프다.

편도선에서 오는 그 고열과 아픔이 어떤 것인 줄 알기에 엄마는 더 아팠다.

긴 세월 동안 무던히도 참고 잘 견뎌 준 우리 아들!

그리고 소신껏 멋지게 자기 몫을 다 이루고 돌아온 우리 아들, 정말 고맙고 장하다.

너의 그 진실성과 최선의 몫을 부처님께선 분명 높이 평가해 주실 거란다.

아들이 원하는 모든 것 다 이루게 해 주실 부처님!

아들의 발원 다 이루게 해 주소서.

분명 다 이루어질 소원, 부처님! 감사합니다.

아들이 많이 회복된 날

2014년 3월 1일

나 어릴 땐 듣도 보지도 못한 미세먼지로 온 세상을 매연보다도 더 심한, 우중충하고 어두운 날씨가 벌써 여러 날 동안 사람들을 괴롭히고 있구나.

아직 봄이 오려면 멀었건만, 요즘 날씨는 황사에 못지 않는 횡포를 부리는 것만 같다.

쌈박하게 봄을 맞아야 봄맞이건만, 이렇게 찌뿌둥하고 뿌연 미세먼지 속에서 맞는 봄이 제몫이나 할까?

이런 날씨가 계속되다 보니 아들이 심한 목감기가 걸린 것 같다. 고열에 시달리는 목감기 증상을 너무도 잘 아는 엄마이기에 애처로움이 더했단다.

그런데도 며칠 전 엄마와의 데이트 약속을 지켜 준 우리 아들, 너무 고맙고 감사하는 마음 아들에게 꼭 전해 주고 싶었다.

목감기에 고열은 참을 수 없을 만큼의 고통과 괴로움이 따르는데, 그래도 엄마와의 약속을 잘 지켜 준 우리 아들 정말로 고맙고 감사하데이….

봄감기 빨리 툭툭 털고 멋지고 건강한 모습으로 춘삼월을 맞이하자꾸나. 좋은 소식 가지고 올봄 내음이, 봄소식이 우리를 기다리고 있을 거란다.

엄마 마음

항상 엄마 아빠 기대에 어긋남이 없는 내 아들, 진심으로 사랑한다, 그리고 고맙다.

털끝 어느 한 곳이라도 아들에겐 불편함이 없는 길을 가는 게 모든 부모들의 소망이거늘, 엄마는 아들에 대한 열망과 갈망의 염원이 남다르게 크고 높은 것만은 인정하고 싶구나.

오늘 토요일의 외출도 밝고 건강하게 즐거움까지 더한 외출이 되도록, 오늘도 엄마는 연꽃을 접으면서 기도한단다.

늘 부처님의 가피는 아들 몫이기에 오늘도 내일도 우리 아들은 행복하리라.

춘삼월 첫날 쓴 글

2014년 3월 19일

기품 있고 우아한 향기 품으며 살짝궁 와 줄 봄은 이미 멀리 간 것 같다. 미세먼지가 요동을 치더니 이젠 황사가 난리란다. 이 먼 지구덩이 속에서 어찌 봄이 살갑게 와 주겠나 싶구나.

나 어릴 땐 희뿌옇고 도시 건물이 모두 안개에 갇혀 있는 듯한 매력 빵점의 봄은 아니었는데, 요즘은 빵끗 웃는 하늘을 본다는 게 참 힘든 일이 되었으니, 이런 답답한 공기 속에서 어찌 살아갈 거나!

그래도 자기 순서라고 봄꽃은 여지없이 꽃술을 터뜨릴 테니, 자연의 비상한 경이로움엔 박수갈채를 보내며, 순서 빠트리지 않고 제 차례 잘 지켜 주는 대자연의 신비에 인간들은 고개를 숙일 수밖에 없더구나.

어찌 됐든 올봄엔 신바람이 덩실덩실이며 내 마음 나도 모르게 설레는 반갑고 사랑스런 뉴욕 식구들이 온다는구나. 길지 않은 시간 어찌어찌 보낼까가 엄마의 행복한 고민이란다.

보고 싶었던 딸과 사위 만나는 것도 좋지만, 고 이쁜 강아지 두 손자들이 온다니 엄마는 이 봄이 너무 좋고 행복하고 기쁘구나. 어떠한 선물보다 더 값진 보물들이 한국 나들이를 한다니, 어찌 기쁘지 않을쏘냐!

엄마 마음

아들!

이번 엄마 생일 선물 정말 고마워. 귀엽고 예쁘고 사랑스런 빨간 산호로 된 선물 예쁘게 잘 하고 다니며 아들 생각 많이 할게.

늘 엄마 마음 잘 알아주고 이해해 주고 배려해 주는 우리 아들이 곁에 있어서 얼마나 기쁘고 행복한지.

우리 아들 많이 사랑한다, 하늘만큼 땅만큼.

행운만이 따라다닐 우리 아들!

원하고 이루고 싶은 모든 것 다 이루어질 우리 아들!

많이많이 사랑하고 자랑스러운 우리 아들!

부처님께서는 엄마보다도 더 많이 아들을 사랑하고 계실 거라 확신한단다.

부처님, 감사합니다.

늘 곁에서 돌봐주시고 사랑해 주시는 우리 부처님!

아들의 행운을 빈다.

아들을 사랑하는 엄마가

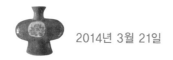 2014년 3월 21일

당신의 생일을 축하합니다.
항상 따뜻한 마음과 바른 생활
배려하는, 기도하는 착한 마음,
포용하는 큰 마음,
최선을 다하는 추진력과 열정!
모두모두 다 고마운 마음입니다.
지금이라도 뒤늦게나마 당신을 진정 사랑하는 동반자로
후회 없는 남은 인생 당신과 함께 우아하게 멋있게,
당신과 힘 합쳐 새로운 삶을 새롭게 살아나가겠습니다.
당신을 만난 인연, 행복한 삶을 약속드립니다.

당신의 생일을 맞이하며…

김원철

엄마 마음

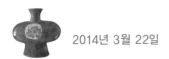

2014년 3월 22일

천만에요!

제가 더 감사드립니다.

제 본심을 읽어 준 당신의 마음 고맙습니다. 어제보단 오늘을, 오늘보단 내일 더 잘하려고 애는 쓰고 있습니다.

마음에 다 안 차더라도 이해해 주세요.

저의 본심은 당신한테 최선인데….

당신의 축하 받으면서 생일 맞이한 지도 어언 40년을 바라보네요.

잊지 않고 챙겨 준 당신, 진심으로 고맙습니다.

그리고 아주 많이 사랑합니다.

당신의 아내가

2014년 3월 24일

오늘은 내 아버지 88세, 米壽를 맞는 날이었다. 건강하게 우리 곁에서 잘 계셔 주신 것도 고맙고, 엄마와 함께 지금까지 다정하게 해로해 주신 것도 고마운 날이었다.

아빠의 큰 배려로 메리어트호텔에서 식구들 모여 아침상 차려 주신 것도 너무 고맙고, 두루두루 엄마는 행복한 날이었다.

지금쯤 아빠와 아들은 좋은 인연을 만나고 있는 중일 것이고, 그 좋은 인연으로 인해 좋은 열매와 결실이 맺어질 거라 확신하는 엄마는 엄마의 기도도 한몫 하지 않을까 생각한다.

기도는 꼭 이루어진다고 믿는 엄마는 활기차고 믿음이 철철 넘치는 기도를 했다.

꼭 아들에게 좋은 행운을 가져다줄 만남이 이루어졌으면 한다. 엄마의 간절한 소망과 기원과 바람은 꼭 이루어질 거라 믿는다.

멋지고 지혜롭고 선량함을 겸비한 우리 아들! 오늘도 파이팅!!

부처님께서 보살펴 주시고 가피를 내려주시는 우리 아들, 매일매일이 좋은 날이라오!

오늘도 좋은 날이 될 거라 믿는 엄마가

엄마 마음

2014년 4월 5일

봄대궐의 꽃잔치는 제대로 안 끝났는데, 봄꽃들은 시들하게 사방으로 흩날리고 있는 폼이 요즘의 봄시세인 것 같다.

가장 예쁠 때 구례 산수유도 보았고, 광양까진 아니지만 매화꽃의 다부진 모습도 꽃망울 듬뿍 머금고 있는 벚꽃이며, 제일 예쁜 색깔의 개나리까지, 올봄 내 꽃잔치는 아주 화려했더구나.

엄마 생일날 아빠와 아들이 동행해 준 구례 화엄사 나들이가 큰 꽃잔치가 될 줄이야!

늘 남편에겐 한없이 고맙고, 아들에겐 사랑스러움이 넘친다.

화엄사 나들이가 기쁨과 행복의 넝쿨이었고 사랑의 화신이었단다. 무엇보다도 제일 값진 생일 파티, 늘 엄마가 꿈꿔 오던 파티였단다.

며칠 있으면 들이닥칠 뉴욕 식구들.

너무 보고 싶고 기다려지고 눈앞에 어른거리는 손자들 모습이 마음 설레게 하는구나.

올 것 같지 않게 멀게만 느껴지던 캘린더의 숫자도 이젠 일주일밖에 남지 않았음을 알려 주니 말이다.

행복하고 즐겁고 기쁜 마음으로 건강하게 잘 있다 갔으면 하는 바람으로 뉴욕 식구들 맞이하련다.

물론 아들은 엄마보다도 더 나이스하고 센스있게 잘해 줄 걸 알기에 마음은 더 뿌듯하단다.

이제 아들 일도 술술 더 잘 풀릴 것 같고, 열심히 최선을 다할 것을 확실하게 알기에 파이팅 박수 힘차게 쳐주고 싶다.

어제 아빠가 일본 출장 떠나시고, 오늘은 아들이 골프 연습에 인천으로 야구 경기 보러 간 텅빈 토요일 오후!

제멋에 겨운 느슨한 주말을 즐기며 행복해하고 있단다.

토요일 오후에

엄마 마음

계절의 여왕이라는 5월이 올해는 스리슬쩍 넘어가는 것 같아 아쉬움이 큰 것 같다.

내 기억에 매년 5월이면 빨간 덩굴장미가 담장을 휘감으며 붉게 피어 있었는데, 올해는 장미가 안 보이는 것 같아 주위를 살피며 5월의 흔적을 찾고 있단다.

국가적으로도 많은 상처가 있었던 봄내음이, 이젠 얼른 여름의 강인함으로 온 국민의 처져 있는 힘과 氣를 빨리 복돋아 줘야 할 것만 같은 5월이다.

국가가 편안해야 국민들도 편안하거늘, 모든 일들이 빠른 시일 내에 제자리를 바로 찾았으면 하는 마음 간절할 뿐이구나.

요즘같이 꿀꿀할 때 엄마는 공항에서 찍은 인이의 간드러진 애교 사진만 보면 몸속에서 뿜어나오는 엔돌핀으로 기분이 급상승한다면 다들 믿을까나!

이젠 사진을 보지 않고 생각만 해도 급상승, 엄마의 영원한 에너지원이 아닐까 한다.

지금쯤 미국에서 꿀잠을 자고 있을 우리 아들!

이젠 며칠 안 남은 시간에도 차질없이 모든 일 다 처리하고 와야 할 것들 완벽한 마무리 부탁한다. 자주 갈 수 없는 너무나 먼길이기에 빠짐없이 틀림없이 다 잘하고 올 거라 믿는다.

먼길 운전하며 갔다 와야 하기에 더욱더 안전 운전 부탁하고 부탁한다.

누나와 조카들과도 좋은 시간을 값지고 멋진 추억으로 많이 담아오길 바라고, 아들에게도 좋은 소식 많이많이 왔으면 하는 엄마의 바람도 함께 넣어 본다.

한국 도착까지 건강한 모습으로 만나자.

5월 따뜻한 오후에 아들에게 씀

엄마 마음

2014년 5월 29일

하도 요상한 세상이라, 계절도 빼먹고 가는 꽃이 있을 거라 했던 내 생각이 꼼짝없이 손들고 말았다. 그럼 그렇지, 자연은 자연의 법칙을 어기는 법이 없는 것임을 다시 한 번 확인하고 경이로움을 자연에게 告했노라, 자연은 위대하다고.

화성으로 기도하러 가는 길목에서 빨갛게 활짝 핀 덩굴장미는 집집마다 담을 타고 늘어진, 더도 덜도 말고 꼭 요맘때 그렇게 피어 있던 덩굴장미. 무지막지한 환경 오염에서도, 세상이 핍박한 어지러움 속에서도 당당하게 피워 준 5월의 꽃 장미에게 잊지 않고 찾아 준 자연의 경이로움에 찬사가 아깝지가 않더구나.

특히 덩굴장미엔 많은 추억과 향수가 얽혀 있기에, 5월의 장미가 길 잃고 헤맬까 봐 은근히 기다렸단다.

어쩜 좋으니, 얼굴은 분명 60대 할머니인데 마음만은 앳된 이팔청춘보다도 더 젊으니 말이다.

이럴 땐 몸과 마음이 같이 나이를 먹어야 밸런스가 맞는 법인데, 마음과 생각과 몸이 제멋대로 따로 놀고 있어 몹시 당황하거나 실망스럽거나 우울할 때도 있단다, 가끔은.

6월 4일은 국회의원 빼곤 다 뽑는 선거일. 예전엔 투표가 단순해서 복잡할 게 없었는데, 지금 투표는 정신 똑바로 차리지 않으면 엉뚱하게 투표하고 나오는 사람들이 너무 많을 것 같더구나. 나부터도….

힘들고 모진 세상을 살아보지 않은 젊은 사람들은 뭘 안다고 나대는지 모르겠다. 분단 국가에선 국가의 이념이 얼마나 큰데, 그 이념을 무시하고 퍼부어대는 목소리 큰 자들의 사상을 그대로 믿고 따르는 요즘 젊은이들이여!

세상을 삐딱하게 보지 말고 바로 보는 정직한 눈을 가져 달라고 호소하고 싶다.

어쨌든 좋은 결과가 나오는 선거였으면 좋겠고, 아들도 그 결과에 한 표를 던졌으면 하는 바람이다.

늘 좋은 일엔 정당한 박수가 있을 테고, 부당은 부당의 응징이 있는 법이니 눈과 귀를 바로 보고 들을 줄 아는 멋진 젊은이가 되기를….

행복하고 좋은 일만 있기를 늘 부처님 앞에 기도합니다.

빨간 장미를 보고 추억을 더듬는 엄마가

엄마 마음

2014년 8월 13일

모든 것은 인연으로 만나고, 만나는 그 인연들이 정겨움과 힘의 원동력이 되어 준다면 그 인연은 평생을 안고 갈 행복의 근원인 것을, 어찌 고맙지 않을 수가 있으랴!

몇천 년의 억겁이 있어야만 만날 수 있는 그 인연들을 우린 어찌 소홀할 수가 있겠는가!

긴 인생의 여정 속엔 꼭 필요한 인연들만을 만들 수 있는 것도 전생의 큰 공덕이 없으면 감히 만들어질 수 없는 인연의 필수이거늘.

사회의 첫발을 힘차게 내디딘 아들에겐 아름다운 인연, 강직한 인연, 슬기롭고 지혜롭고 정의로운 모든 인연, 다 손에 손 잡고 태양이 빛나는 그 빛으로 나가보자꾸나.

인연과 인연 속에서 파묻혀 사는 인생 여정이, 불타오르는 정열의 불꽃과도 같고 탁 트인 광야를 막힘 없이 질주하는 무적의 화신과도 같아라! 이것이 엄마의 기도문이란다.

'기도는 이루어진다'를 의심 없이 믿고 사는 엄마의 인생법엔 불가능은 없다고 힘주어 단정하고 싶다. 그래야만 희망이 있고 힘이 있고 미래가 있고 자신감도 붙기에, 긍정의 긍정으로 살고 싶은 마음이란다.

지금까지 잘 지내온 아들에게도 고맙고, 주위의 모든 분들께도 두루두루 감사하고픈 마음이다.

제자리 잘 찾아서 제 역할 잘하고, 위아래 잘 알아볼 줄 알고, 지혜와 명석함까지 겸비한 최고의 변호사로 호평받는 기업의 일꾼이 되길 바란다.

부처님이시여!!

그대의 가피에 한없는 고마움과 감사함으로 평생 기도 정진하겠습니다. 저의 아들 부처님 품안에서 늘 함께할 수 있도록 품어주소서.

아들의 앞날을 축원하는 엄마가

이른 가을꽃들이 바람에 흔들리고 서늘한 바람은 지난여름의 무더운 추억을 아물거리게 하는 계절. 모든 게 지나고 나면 아무것도 아닌 것들이, 지날 수밖에 없었던 시간 속에선 작아졌던 그날들을 기억하며 마음 쓸어내리는 기쁨을 맛보고 있단다.

이 모든 것이 감사와 감사의 연결고리임을 잊지 말아야 함을 스스로에게 각인하고 있음을 명심할 것이다, 엄마는….

예쁜 손주들 아침이면 양손 꼭 잡고 학교 바래다주는 즐거움에, 하굣길 콧노래 부르며 셋이서 걸어올 때의 기쁨이란 혼자 차지하기엔 너무 벅찬 행복이란다.

이런 등하굣길의 낭만이 언제 끊길지 몰라 주어진 지금 모든 걸 다 만끽하련다. 이젠 제법 크고 많이 자랐지만, 할머니 눈엔 어린 그저 내 손주들일 뿐.

뉴욕에 온 지도 오늘로 일주일이 되었구나. 한국의 가을 하늘만큼이나 세련된 색으로 가을을 연출해 주고 있지만, 그래도 가을 하면 역시 한국의 가을이 으뜸인 것을 가을녀가 인정하노라.

뉴욕의 단풍은 멋과 색과 모양새가 영 아니란다. 확실한 색의 조화, 빨갛고 노란 감나무에 남겨 놓은 주홍색의 까치 먹잇감이 대롱대롱 매달린 그림 같은 풍경을 뉴욕에선 찾을 길이 없단다.

반쪽짜리 가을이라도 손주들과 맞는 가을의 멋은 일품 중의 일품이기에 후회없이 만끽하련다.

엄마는 이렇게 좋은데 아빠와 아들한테는 엄청 미안한 마음 갖고 있는 거 알아주시길, 진심이거든요!

아들은 엄마랑 떨어져 있는 시간이 많아서인지, 아님 배려나 이해심이 많아서인지 덜 걱정인데, 아빠가 많이 신경 쓰인단다.

과식하지 않나, 운동은 하시는지, 한약도 잘 챙기시고, 모든 면에 관리는 잘 하시는지…. 바쁜 아들이지만 아빠에게 관심과 대화로 외로움과 적적함을 달래 드렸으면 한다. 꼭 부탁한다, 아들아.

부처님의 가호지묘력을 가슴 깊이 새기며 믿고 사는 엄마이기에 출장길도 무리 없이 잘 다녀올 거라 믿는다.

다이어트에만 좀 더 신경쓰면 만점인 우리 아들, 부처님의 가피가 늘 충만하길 바란다.

뉴욕에서 엄마가

엄마 마음

2014년 9월 21일

가을바람이 꽃잎을 흔듭니다. 가을꽃들은 강렬하기보단 은은함으로 지난 시간의 모든 영욕을 안고 흔들리고 있기에, 승복의 넓은 품속처럼 모든 것을 안고 품어 주는 승복의 숭고함같이 느껴지는구나.

가을은 알고 있단다. 가을의 풍요로운 모든 열매들이며 은은한 가을꽃들은, 여름이 무더운 인고의 고달픔과 아픔을 견뎠기에 맺혀진 산물이라는 것을….

그래서 인간은 어떠한 계절도 미워하거나 싫어할 수가 없을 것 같더구나. 가을바람에 날리는 것은 떨어져 뒹구는 낙엽뿐만이 아니라 작은 결실에도 행복해하는 미소도 날릴 수 있고, 작은 성취에도 감사할 줄 아는 농부들의 가벼운 발걸음에도 가을바람은 있단다.

올해는 엄마가 운이 좋은가 보다. 뉴욕의 가을과 한국의 가을을 다 맛볼 수 있는 진정한 가을녀가 된 것 같구나.

뉴욕에선 손주들과 추억 쌓기에 나름대로 신경쓰고 있단다. 벌써 컸다고 각자의 울타리가 있음에, 그 울타리를 침해하고 싶지 않아 나름 기회를 포착해 추억 만들기를 연출해 보는 내 모습을 사랑하려고 한다. 노력하는 모습 내가 사랑하지 않으면, 이루어질 수 없는 연출을 할 수가 없어서….

커가는 손주들을 막을 수는 없고, 그 나이에 맞는 영역을 내가 치고 들어갈 수는 없는 일이고 보니, 순리에 맞는 흐름으로 살아가는 것이 가장 현명한 선택이라 생각한 나를 사랑하는 엄마란다.

오늘은 일요일, 물론 아들 일도 많고 약속도 있겠지만 아빠와의 좋은 시간 보낼 것을 꼭 부탁한다. 아빠를 외로운 일요일로 만들면 정말 안돼. 아빠가 계시기에 너희들이 존재할 수 있음을 꼭 명심하길 바란다.

관세음보살님 가피 항상 함께하심을 믿으며, 늘 좋은 시간 좋은 일만이 함께하길 발원합니다.

엄마 마음

아직도 지구 한구석엔 때묻지 않은 무릉도원이 있더구나.

천상의 낙원을 찾은 이들은 몇 안 남은 지구의 참모습이 그리워 왔을 거란 생각이 들더구나.

난 대책도 생각도 기대도 없이 구름 따라 왔건만 태양을 즐겼고, 대자연의 진모습도 볼 수 있었고, 캐리비안에 몸과 마음을 손주들과 몽땅 빼앗기고 온 기분이다.

바하마는 나를 놀래켰지만, 난 바하마를 가지고 놀다 온 것 같아 뿌듯하다.

언제 또다시 찾아갈 수 없는 곳이기에, 동행해 준 딸과 사위에게 고마운 마음이고 감사할 뿐이란다.

세상은 넓고 할 일은 많다는 말이 맞는 것 같은데, 엄마는 세상은 넓어 갈 곳이 많다는 생각이 드니 어찌할까나.

두 남자뿐이라 불편한 점이 어디 한두 가지뿐이랴만, 엄마에게 좋은 기회를 준 남편과 아들에게 진심 가득한 고마움과 감사를 꼭 표하고 싶구나.

고맙습니다, 그리고 사랑합니다.

다시 뉴욕에 오니 모두 제자리를 찾아가는 일상으로 돌아왔습니다. 언제 내가 태양놀이 하며, 캐리비안을 헤집고 다니며, 요트에서 먹는 바비큐를 자랑했더냐로 뒤집어 놓은 제자리로 왔답니다.

당신도 엄청 힘들었겠지만, 일도 많고 늘 새로운 일에 부대껴야 하는 현실에서 많이 힘들었을 우리 아들!

파이팅 하자. 알제리 출장도 무리 없이 잘 다녀올 거라 믿는다.

부처님의 가호지묘력은 끝이 없는 사랑으로 우리에게 가피를 주신단다.

바하마에서 뉴욕에 온 날

엄마 마음

2014년 10월 27일

　뉴욕에서 온 지도 꽤 여러 날 되었고, 아들이 힘든 알제리 출장
도 무리 없이 잘 다녀와 주어 고마웠던 시간들이 가을을 더 짙게
만들어 주고 있구나.

　한국의 화려하고 오묘한 가을 향취를 놓치게 될까 봐 걱정했는
데, 넉넉하고 여유로운 가을을 만끽할 수 있어 얼마나 고마운지….

　작년에는 너무 늦게 칠갑산 장곡사를 찾아가 떨어진 낙엽들만
감상하고 몇 개 안 달린 까치밥 감나무라도 옥색빛 하늘을 곁들여
애꿎은 사진기만 누르다 왔었기에, 올해는 칠갑산 장곡사의 멋진
정취를 놓치지 않으려고 부지런을 떨었더니 반도 물들지 않은 단
풍 물감도 감미로웠고, 약사여래불 사시기도 참석할 수 있어서
감사감사했다.

　서울로 발길을 돌리다가, 맛난 서해안 조개구이를 사주시겠다
고 아빠가 어제 얼마나 고생을 하셨는지, 미안스러워 혼이 났단다.

　그래도 어렵사리 삽교호를 찾아가 사랑과 정성이 들어가 더욱
더 맛난 조개구이를 먹고 온 가을 여행이었다.

　매년 가을이면 찾아가는 장곡사의 아름다운 정취는 한 번도 변
함 없이 반갑게 맞아 주어 정겹게 다녀올 수 있는 뜻깊은 가을 여
행으로, 엄마한테는 연례행사로 자리잡고 있단다.

아들은 요즘 회사일로 워낙 바빠 합류하지 못해 아쉬웠지만, 사회생활을 하고 있는 아들에겐 선택권 없이 꼭 해야 할 일이기에, 바삐 뛰고 있는 아들이 많이 안쓰러웠다.

힘들고 어려운 일 많을 텐데도 잘 견디며 열심히 해내고 있는 아들 모습이 많이 대견스러운 엄마란다.

사회생활의 어려움과 힘듦을 잘 인지하고 긍정의 힘으로 풀어 나가는 아들의 멋진 인품을 엄마는 얼마나 사랑하는지, 가슴이 따뜻해진다.

지금과 같은 마음과 모습 변치 않고 최선만을 다하는 아들 곁에는 부처님께서 옹호해 주시고 격려해 주시고 가피도 주시며 너무도 사랑하는 아들에겐 하나도 아깝지가 않으시단다.

감사합니다, 우리 부처님!

칠갑산 다녀온 다음 날 씀

2014년 11월 24일

가을은 긴 추억의 골목길 끝에 나를 돌려세우고는, 지나온 모든 세월과 시간들을 회상하게 하는 묘한 마력이 있는 계절인 것 같다. 그래서 우수의 계절이라고도 했나!

공연히 나를 돌아보게 되고, 인생을 논해 보고도 싶고, 어릴 적 그 골목 그 길바닥에 가랭이 쫙 벌리고 앉아 공기놀이도 하고 땅따먹기도 했던 그 시절이 그립고, 그 계집애들이 보고 싶은 것도 꼭 가을에만 그렇더구나.

그래서 가을은 추억을 되새김질하는 계절인가 보다.

오늘은 누나와 오랜만에 긴 수다를 떨었다. 내용이 없는 가벼운 수다지만 서로 통할 수 있어 주거니 받거니 낄낄 웃어가며 몇 시간을 버틸 수 있었다는 건 공감대 형성에서 온 게 아닐까?

그런 딸이 있어 좋다는 생각을 해 봤다. 비록 뉴욕에 멀리 떨어져 있어도 마음만은 지척에 두고 있다는 생각으로 늘 살고 있는 엄마란다.

갑자기 보고 싶을 땐 속수무책이긴 해도, 그래도 옆에 두고 싶은 생각으로 그리움을 달래며 살아온 지 20년이 넘은 것 같구나.

가을은 왠지 보고프고 그리운 사람, 그리운 그 골목길, 그 친구들, 그 선생님들이 두루두루 생각나고 안부를 물어보고 싶은 계절이더구나.

오늘 따라 흰머리 염색하고 있는 내 자신이 어찌나 낯선지, 거울에 비친 내 모습에 눈도 감아보고, 실눈 살포시 떠보고, 옆으로 째려봐도, 흰머리에 나이 먹은 아줌마는 결국 '나'이더구나.

많이 변한 내 모습이 왜 오늘은 더 낯설고 놀라웠을까? 그것도 짙어져만 가는 가을 탓이라고 쿨하게 넘어가련다.

내 인생에서 오늘이 제일 젊고 이쁜 모습일 텐데, 그 모습에 벌써 실망하면 안 될 것 같다.

요즘은 아들을 매일 볼 수 있는 행복한 엄마이기에, 오늘도 내일도 매일매일 행복을 지킬 줄 아는 지혜로운 엄마가 되고 싶어라.

회사일 열심히 최선을 다하는 성실하고 착한 내 아들이여,

부처님께서 늘 보호해 주시노니, 그 가피에 항상 감사함을 간직하소서.

2015

말에는 세상을 창조할 수 있는 마음의 힘이 들어 있습니다. 이토록 강력한 힘을 추출해 내는 말을 우리는 아무렇지도 않게 자연스럽게 입 밖으로 내뱉고 범죄 아닌 범죄를 저지르고 있음을 늘 안타깝게 여기고 있습니다. 고운 말과 예쁜 말 속에는 미래의 향취가 들어 있기에, 향기를 뿜어 낼 수 있는 마음의 알갱이들을 머금고 살아야 합니다. 가는 말 오는 말이 다 고와야 인생줄도 넉넉하게 풀릴 테고 주위의 모든 분들에게도 추앙받는 삶을 살 것입니다.

2015년 7월 3일

내 엄마, 내 아버지는 올해부턴 고추장, 된장, 간장을 안 담그신다. 안 담그시는 게 아니고 못 담그시게 했다.

언제부턴가 그렇게 솜씨가 좋으셨던 내 엄마의 장맛이 예전 맛과 빛깔이 아니어서, 40년을 가져다 먹던 장을 가져오지 않고 다른 곳에 부탁해서 먹는 딸이 나다.

올해도 어김없이 메주를 부탁해서 장만해 두셨던 내 엄마는 언젠가부터 아버지 도움 없이는 장을 담글 수 없다. 엄마가 레시피를 읊으시면 힘이 좋으신 아버지가 만들어 내던 장을 올해는 못 만들게 했다. 어쨌든 이젠 자식들도 손맛을 잃은 장을 안 가져가기에 쌓여만 가는 장을 보는 것도 힘든 일이다.

그래서 올해 사두었던 메주는 바짝 말라 냄새도 없기에 집안에 인테리어로 장식해 두었다. 그래도 아직까진 김장만큼은 손을 떼지 않으시기에 내가 조금 거들어서 가져다 먹는다. 가져가는 그 모습을 너무 좋아하시기에 그것만큼은 아직 접을 생각은 아니지만, 내년이면 아버지는 구순이시고 엄마는 미수(88세)이시다.

이젠 김장도 버거우실 연세이기에 은근히 걱정도 되지만, 손발이 척척 맞으시는 두 분을 보면 행복함이 가슴을 흐른다.

엄마 마음

2015년 8월 1일

말에는 보이지 않는 대단한 위력이 있습니다.

말은 마음의 알갱이에서 나옵니다.

말에는 세상을 창조할 수 있는 마음의 힘이 들어 있습니다.

이토록 강력한 힘을 추출해 내는 말을 우리는 아무렇지도 않게 자연스럽게 입 밖으로 내뱉고 범죄 아닌 범죄를 저지르고 있음을 늘 안타깝게 여기고 있습니다.

고운 말과 예쁜 말 속에는 미래의 향취가 들어 있기에, 향기를 뿜어 낼 수 있는 마음의 알갱이들을 머금고 살아야 합니다.

가는 말 오는 말이 다 고와야 인생줄도 넉넉하게 풀릴 테고 주위의 모든 분들에게도 추앙받는 삶을 살 것입니다.

늘 좋은 말 예쁜 말에는 덕망과 인품이 쌓이는 만복의 창고이기에, 무더위에 지칠수록 한마디의 말로 위축된 존재감에 활력을 넣을 수 있는 주말이면 어떨까요.

2015년 8월 13일

난, 내 자신을 많이 사랑하고 있다.

존재하는 그 자체만으로도 기꺼운 마음으로 감싸안으며 아껴보는 '나'다.

심지어 내가 생각하는 그 생각마저도 함부로 대하지를 않고, 그 생각에 생명을 불어넣으며 힘을 보탤 때도 많다. 존재 자체만으로도 소중하다고 느낀다, 나 자신을.

내가 나에게 사랑과 베풂을 배려하지 않으면 누가 나를 인정하며 존중해 주겠는가. 어렸을 때부터 느껴왔고 실천해 온 내 생활의 초심이다.

그래서 난 내가 하는 모든 일에 사랑을 느끼며 최선을 다하는 편이다. 그렇기에 나이 먹음을 후회해 본 적이나 미련을 담아본 적도 없다.

흘러가는 세월 속에 꽉 채워질 하루를 만들어 내는 것만으로도 내 하루는 짧기에….

그래서 오늘도 난 시간을 쪼개며 자신에게 활력을 불어넣으니 어느덧 무더위의 기승도 서서히 고개를 숙이는 것 같다.

내가 무더위를 이길 수 있는 나만의 방법이다.

엄마 마음

2015년 8월 29일

무더위의 기승도 이렇게 서서히 꼬리를 내리며 아침 저녁은 슬그머니 가을에게 넘겨줄 것을….

올해 유난히도 여름값에 목숨을 걸 듯 악착을 떨더니 결국 계절의 순리엔 손들고 말 것을….

우리네 인생사도 계절이 순리를 따르듯 이치와 순리는 곧 우리가 가야 할 길, 역행하거나 점프를 한다고 원하는 인생길이 와 주는 것도 아니거늘….

그 자리, 그 순간에 최선을 다하면 순리가 알아서 길을 열어 줄 것 아니겠소.

유별나게 가을을 좋아하고 사랑하는 나는 이 가을을 어떻게 연출해야만 또 추억을 쌓을 수 있을까.

기억은 머리에 남고 추억은 가슴에 남는다는데, 가슴에 남을 추억거리 이 가을에도 꼭 엮어 보리다.

깊은 가을이면 꼭 찾아보는 칠갑산 장곡사의 화려함이 올해도 나를 기다릴 텐데, 이번엔 얼마나 더 멋진 색과 자태로 나를 맞이할까. 살짝 온 가을에 마음은 벌써 가을 놀이에 가 있다.

2015년 9월 5일

솔직함은 겸손이고 두려움 없는 용기입니다.

가장 연약한 사람이 솔직할 수 있으며, 가장 여유로운 사람이 자신의 모습을 볼 수 있습니다.

진솔한 마음으로 담소할 수 있고, 포근한 아량으로 다 이해해 줄 수 있는 그 누군가가 있음은 인생의 균형을 잘 맞춰서 살아왔음의 증거일 겁니다.

솔직담백하게 내 마음 터놓을 수 있는 그런 멋진 상대가 될 수만 있다면 성공한 인생길을 걷고 있는 겁니다.

사랑과 이해와 배려, 포용력을 듬뿍 담고 있다는 증거지요.

난 언제쯤 누구에게 그런 존재가 될 수 있을까요.

꿈이 환한 양초 불빛처럼 불타오르듯이 내 꿈에도 큰 불빛이 내리는 그날을 기다리며, 마음공부를 깊이 있게 하면서 가을을 맞이해 보겠습니다.

엄마 마음

2015년 9월 22일

가을을 목빼고 기다린 건 나만이 아니다. 들에 핀 들국화와 코스모스와 억새풀과 들판의 이름 모를 가을꽃들은 또 얼마나 기다렸을까.

하늘 높은 맑은 가을을 쉼없이 외로이 기다렸을 가을꽃의 기다림이 있었기에 가을은 한껏 멋을 부릴 수가 있는 것이다.

기다림 없는 계절의 풍미는 없기에 인생에서도 기다림의 여유는 꼭 필요하고, 가을에 나는 모든 소리는 사랑이다.

가을에 들리는 모든 소리는 사랑을 찾아가는 아름다운 멜로디라면, 가을에 흐드러지게 뿌려지는 이름 모를 향기는 님 그리는 그리움의 달콤함이 아닐까.

억새풀과 갈대의 간드러짐은 가을맞이 나온 애교덩어리기에 한아름 품에 안고 미루나무 낙엽에 한껏 뒹굴고 싶어라.

가을에 가장 행복한 사람은, 가을을 가장 사랑하는 그대들이노라.

2015년 9월 26일

내 엄마는 어느 날 갑자기 친정이 없어졌다. 이렇다 할 이유도 없이 친정이 없어진 엄마를 난 보듬어야 한다.

이렇게 된 현실을 내 엄마는 왜인지를 모르면서 그리움을 떨쳐버리지 못하는 모습이 정말 보기 싫다. 설령 내 엄마가 큰 잘못을 했다 해도 이건 방법도 아니고 해서는 안 될 일이다. 피를 나눈 형제자매가 구순을 바라보는 노인에겐 피할 수 없는 가혹행위다.

지금도 문득 생각나는 동생에겐 예전에 적어 놓은 수첩을 뒤적이며 전화도 해 보시나 보다. 통화는 안 되고 묵묵부답으로 일소되고 마는 일. 이젠 그 일도 안했으면 하는 마음이다. 특히 명절때 더욱더 그렇다. 하지만 내 엄마는 건강이나 재력으로나 부러움이 없으시기에 그 만족도로 위로를 해 드린다.

이번 추석에도 내 아들은 할머니 할아버지를 위한 이벤트를 준비한다. 추석 다음 날 점심을 예약했고, 두 분이 맞선 보시고 결혼식까지 한 덕수궁 나들이도 계획해 행복을 선물하려고 한다.

두 분 다 건강하시고 근심 걱정 없이 도란도란 잘 지내시는 모습이 나에겐 큰 복이다. 내 엄마도 이제 서서히 기억력이 쇠퇴해지시면 친정에 대한 그리움도 잊을 수 있을 것이다.

엄마 마음

2015년 10월 1일

　세상의 아름다움은 모든 자연에 있습니다. 옆을 보면 꽃이요, 아래를 보면 흐르는 시냇물의 평화로움이 우리네 팍팍한 인생길에 동반자이거늘, 깨닫지 못하고 지나치게 되는 자연의 섭리가 안타깝습니다.

　꽃처럼, 물처럼 닮아가는 인생길은 아름답고 편안함을 선물하겠죠. 서로 예쁘다고, 잘났다고 시기나 질투가 없을 테고요.

　약삭빠른 성공이나 성취를 위해 물줄기의 흐름을 끊어 놓을 수 없는 일들을 인간들은 하고 있기에, 인생길을 고행길이라 외치며 힘들어 합니다.

　자연을 닮은 섭리가 가장 아름답고 탁월한 인생길이기에, 에움길도 없을 테고 고행길도 없는 아름다운 향기와 시냇물의 졸졸졸 소리도 들리는 겁니다.

　가을 문턱이 점점 깊숙이 들어오는 이 계절에도 놓치지 마시고, 흔들거리는 억새풀의 멋진 폼도 감상하며 눈부시게 잉크빛이 감도는 가을 하늘도 쳐다봐 주세요.

　그럼 이 계절도 행복을 선물해 드릴 거예요.

2015년 10월 10일

　행복은 나눔을 즐길 때 활짝 만개하고, 오색 단풍도 찾아 주는 이가 많을 때 더욱더 색이 화려해진다.

　관심과 사랑은 양질의 보태기를 엄청 좋아해서 세상의 모든 것들을 즐겁고 곱고 아름답게 연출하는 재주를 가지고 있기에 긍정의 아이콘은 우리 인생의 큰 활력소를 선물해 준다.

　나뭇잎들은 생명을 다하기 전에 마지막까지 남아 있는 에너지의 표출로 화려한 오색 단풍으로 인간들에게 최상의 선물을 주고 간다. 난 과연 무엇을 남기며 후회 없는 인생나들이를 떠날 수 있을까. 황혼의 불꽃을 미련 없이 후회 없이 사정 없이 멋지게 터트려 보고 싶다.

　꿈이 아닌 현실에서 봉사와 배려와 헌신을 동반한 멋진 불꽃도 좋을 듯하건만. 그럼 낙엽의 황홀한 색감만큼이나 예쁠 것 같다.

　최선의 노력과 마음씀으로 황혼의 불꽃을 맘껏 불태우리다.

　매년 가을이면 잊지 않고 찾아가는 칠갑산 장곡사의 단풍이 올해도 나를 얼마나 기다리고 있을까.

　내가 아니 찾아가면 장곡사의 단풍은 마무리도 못한 채 나 오기만을 목빼고 기다릴 터이니, 시간 만들어 칠갑산 장곡사 단풍맞이 빨리 가야지.

2015년 10월 12일

난 연꽃, 연잎, 연뿌리, 연잎차를 무지무지 좋아하고 사랑한다.

민화의 소재도 거의 연꽃만 그리려고 해서 사부님의 꾸중도 듣는다. 그래도 연꽃, 연잎에만 눈길이 간다.

가을 소식에 난 벌써 연잎차만을 찾고 있다. 연한 연둣빛은 세상의 편안함을 연출해 주고, 연잎차의 향기는 인생길을 차분하게 정리해 주는 더도 덜도 아닌 나만의 향, 맛이다.

은은한 향으로 입안의 잡스러움을 품위 있게 변신시켜 주는 소중한 나의 향기는 바로 연잎차다.

찬바람이 불기 시작하면 온종일 따끈한 연잎차만으로 내 마음, 내 속을 따뜻하게 데워 주어 몸과 마음을 감미롭게 만들어 주는 연잎차.

그래서 욕심을 부린다. 마구마구 연잎차 사재기를. 그럼 난 행복해지고 안 마셔도 입안이 즐겁고 미소가 흐른다.

그런 의미로 또 한 잔 마셔야지, 나의 사랑 연잎차여.

두 번째 이야기

2015년 10월 17일

광화문 네거리가 훤히 보이는 어느 찻집에 앉아 옛 기억을 천천히 더듬어 볼 수 있었던 오후였다.

예전에 보았던 '러브스토리' 상영관 국제극장은 어디로 가고 없고, 두 줄로 쭉 서서 품위를 지키며 가을이면 황금색으로 많은 사람들을 맞이하던 그 은행잎들은 또 어디로 갔을까.

지금 그곳엔 어수선한 천막들과 스피커로 귀가 따갑게 외쳐대는 그 아우성, 그 분잡함과 괴성만이 난무하고 있다.

누가 정감어린 그 거리를 이 지경으로 만들었는지, 격세지감을 느끼며 힘없이 창밖을 봤다.

다 식은 커피 한모금으론 달래지지 않는 옛 광화문 거리가 가슴에 머물고 만다.

그냥 지나가고 말 것을, 찬찬히 볼 수 있었던 광화문 네거리, 그 예전 내 마음속에 있던 광화문 연가는 아니었다.

가사 속에서나 읊을 수 있는 광화문 연가는 그렇게 나를 옛사람으로 만들어 놓은 씁쓸한 오후였다.

그래도 광화문을 애정 깊게 볼 수 있었던 하루여서 마음은 시렸지만 행복했다.

엄마 마음

가을 하늘에 쪽빛은 누가 풀어놓았을까. 한치도 틀림이 없는 쪽빛 색깔은 내 기억 속의 쪽빛 그대로인 것을.

더 바래지도 짙어지지도 않는 그 빛이 좋아 가을을 더 사랑하게 된 그 시간들이 바로 요즘이거늘. 자꾸자꾸 올려다보면 옅어질 것 같은 쪽빛이여, 그대를 사랑하노라!

땅에서도 재롱부리고 애교 떨고 있는 노랑색 빨강색 억새풀의 고운 갈색도 너무 예뻐 사랑하게 되었노라, 가을을….

가을이 지나가기 전에 난 해야 할 일이 너무 많다. 한 번씩은 들러 주고 어루만져 주고 내 얼굴 보여 줘야만 가을이 자리를 털 곳이 많아 요즘 마음이 바쁘다.

그래도 나를 목빼고 기다리고 있을 것이 있다니 아니 좋을 수가!

올해는 꼭 보고 싶었던 유럽의 가을을 보려고 한다. 그중에서도 내 마음을 사로잡았던 프라하의 가을이 몹시 궁금하고 예쁠 것 같아 남편과 함께 11월에 체코 가을 여행을 떠난다.

동유럽이 내가 있는 동안 얼마나 시끄럽고 떠들썩하겠는가.

하지만 개의치 않고 맘껏 사랑하고 유럽 가을에 푹푹 빠졌다 오꼬마.

한국의 가을은 내가 없다고 혹 가버리는 건 아닌지.

가을이여, 내 사랑 가을이여!

바쁠 것 없으면 천천히 발길 옮겨 주시소.

일 년을 또 기다려야만 만날 수 있는 쪽빛 하늘은 내가 여행 갔다 올 때까지 꼭 머물러 줘야 하느니라.

아니면 너무 아쉬워 겨울에게 가을을 넘기지 않을 거란다.

아~ 가을이여.

엄마 마음

2015년 11월 4일

집어가는 가을빛이 짧아지면서 더욱더 강렬해진 햇빛의 존재가 엄청 아쉬움을 준다.

넘어가는 가을빛을 잡을 수만 있다면 하면서 지는 노을에 눈을 풀어본다.

짧아지는 가을빛이 내 인생의 앞모습을 말해 주는 것 같아 서글픔이 앞서건만, 지는 해를 깨우려 노력하지 말자. 곧 나에겐 더 아름다운 달빛이 나를 맞이할 테니까.

지금부턴 달빛에 기대어 황금 같은 내 인생의 불꽃을 피우리라.

그럼 난 짧아지는 가을빛을 안타까워하지 않으리.

나는 반겨 줄 아름다운 달빛과 놀아보리라, 즐겨보리라.

그럼 내 행복의 그림자도 춤을 추며 기쁨을 만끽할 테니까.

아름다운 달빛에 다뉴브강처럼 나를 매혹시킬 달빛이여,

그대를 사랑하노라.

2015년 11월 24일

내 나라의 가을도 아직 남아 있어 너무 고맙고 반가웠다.

다 가고 없을 가을을 생각하고 왔는데, 노오란 은행잎이 첫눈에 들어왔을 때 오~호 하고 가볍지만 굵은 환호성을 나도 모르게 내뱉았다.

어제는 수북이 쌓인 가로수길 낙엽을 사뿐히 밟아 보기도 하고 질끈 밟아 보며 마지막 가는 가을 향취를 맘껏 누리면서 여독도 함께 풀어냈다.

유럽의 가을도 한없이 아름답고 예뻤지만, 깊은 멋스러움은 내 나라의 가을이 최고임을 다시 알았소이다.

비엔나 음악회도 좋았지만 오늘 있은 화음회의 음악이 더 가슴에 와 닿는 내 모습이 더 좋으니, 난 분명 금수강산이 빼어난 한국인임을 자랑하고 사랑합니다.

여행길에 그렇게 좋았던 그림 같은 풍경들은 여행객에만 좋았을 뿐, 돌아온 나에겐 지금 내가 있는 이곳이 최고입니다.

엄마 마음

가을의 억척스러움이 겨울을 밀었다 당겼다 하며 재미삼아 놀고 있다는 생각이 든다.

12월답지 않은 한 장의 달력이 눈길을 의심하고 있다.

매년 이때쯤이면 제법 칼날 같은 폼으로 추위를 위협했건만, 올해는 맛배기만 보여 주고 있으니.

뺏기기 싫은 가을 자리가 올해는 꽤나 기운이 센가 보다. 이러다 한방에 빼앗을 겨울의 위력이 아니더냐.

사계절이 뚜렷한 그 계절에서도 넘기고 받아오는 계절의 오묘함은 신의 경지가 아니고서는 누구도 할 수 없는 고도의 테크닉이거늘, 매우 경이롭소이다.

자연의 변화는 한치의 착오도 없는 신의 과학이오니.

아직도 남아 있는 가을의 잔재를 모아서 겨울에게 살며시 넘겨주며 올겨울도 심술 부리지 말고 부드럽고 매력 있는 겨울을 부탁한다고 말해 주고 싶다.

2015년 12월 3일

간만에 폭풍우 쏟아지듯 눈보라가 퍼붓는 아침.

시원스런 속내음이 거침없이 내려가듯 퍼붓는 눈다발이 시야를 완전히 가려 버려도 속은 시원하다.

겨울의 신호를 일깨워 주는 화끈한 메시지가 너무 마음에 든다.

아침 출근길의 대혼잡은 불 보듯 뻔하지만, 오늘은 왠지 눈을 감고 싶다. 그냥 쏟아지는 눈만을 쳐다보며 즐기고 겨울을 만끽하고 싶다.

뚜렷이 일러주는 계절의 아름다움을 난 사랑하지 않을 수가 없다.

많은 여행을 떠나봤지만 결국엔 내 나라에 빠질 수밖에 없는 모든 것을 다 갖춘 우리나라.

사랑하고 또 사랑하지 않을 수 없으매, 오늘 아침 눈의 침범은 환상이었다고 전해 주고 싶다.

엄마 마음

먼길을 돌아 돌아온 것 같은데도 한결같이 맞이해 주는 새벽의 여명은 변함 없는 모습으로 오늘도 내일도 찾아줄 것이다.

그 찬란하고 강렬한 에너지는 모든 이에게 하루의 에너지를 발산시켜 주는 원천이며 진목일 터인데, 우린 대수롭지 않은 마음으로 고마움도 없이 아침 햇살을 그냥 맞이하고 만다. 매일 그냥 받고 있는 공짜이기에.

그 공짜엔 어마어마한 에너지의 큰 핵인 보물이 있다는 것도 모른 채 받고 있다는 미안함이 이 아침엔 왜 더 절실하게 느껴져 이 글을 쓰고 있는 것일까?

이제야 철이 들어 자연의 고마움이 눈에 들어와서라면 그래도 고맙다, 내가!

2015년 12월 24일 (1)

마지막 장에 몇 개만 달랑달랑 매달려 있는 숫자가 안쓰럽고 애틋함이 오늘을 맞게 하네요.

길고 길 것만 같았던 일 년의 속도가 어찌나 빠른지, 속도 위반 측정기라도 달아야 될까 봐요.

세월이 우리에게 눈가림을 하는 건지, 아님 숫자의 속임수를 이겨 내지 못하고 꼼짝없이 당하고 착각 속에서 사는 건지, 인간 들의 모습이 안쓰럽고 처량하게 보이는 오늘.

손가락 몇 개만 꼽으면 2016년이라네요. 올해 모자라고 미비 했고 아쉬움이 많았다면, 내년을 기대하며 오늘의 여유를 가져 보는 것이 삶의 지혜라 우겨봅니다.

아쉬움이 많은 자들의 유치한 변명이지만, 그렇게라도 하고 싶 네요. 그래야 편한 마음으로 보내고, 웃는 마음으로 내년을 맞이 할 수 있을 테니까요.

웃으며 기쁜 마음으로 2016년을 맞이합시다, 우리 모두!

엄마 마음

2015년 12월 24일 (2)

　오늘은 크리스마스 이브란다. 즐거워야 할 오늘, 난 많이 서글 프고 마음이 힘든 날이었다.

　내 엄마가 치매중증에, 기억할 수 있는 해마가 뇌 속에 하나도 없단다. 의사가 보여 준 뇌사진을 볼 수가 없어 듣고만 있는 내 가 슴엔 멍이 든 것 같았다.

　쿵쾅거리는 가슴을 쓸어안고 처방전을 내밀고 앉아 있는 난 내 가 아니었다.

　우리 엄마가 왜, 어쩌다 이 지경에 와 있나를 자책하니 서글픔 과 안쓰러움이 밀려왔다. 엄마를 둘러싼 모든 이들이 원망스럽기 도 했다.

　본인은 얼마나 더 답답했을까? 내 의지가 아닌 뇌 속이 엉망이 어서 나타났던 증상들이었건만. 내 엄마가 너무 불쌍했다.

　자신을 잃어가고 잊혀져 가고 있음이 너무 안쓰러워 엄마 얼굴 을 자세히 따뜻하게 바라보며, 이 약 드시면 깜빡깜빡이 줄어든 다고 했더니 너무 좋아하시며 약봉지를 받아든 내 엄마.

　그런데 금방 그 약봉지가 뭐냐고 물어올 땐 그냥 주저앉아 울고 싶기만 했다.

　며칠 전에 아버지가 너무 힘들어 하신다는 연락을 받고 남편과 함께 고집 센 아버지를 모시고 가서 여러 가지 검사를 하고 약을 받아 드렸는데, 오늘은 엄마 치매 진단 소식을 듣고 멍해진 딸의 마음이 새까맣게 타들어 가는 건 아실지 몰라도, 자신을 잃어버리는 치매만큼은 꼭 잡아 드리고 싶다.

두 분이 나란히 앉으신 가운데 앉아 두 분 손 꼭 잡고 속으로 기도했다. 지금보다 더 나빠지지 마시고 이대로만이라도 머물러 달라고. 큰딸의 기도 꼭 지켜 주세요, 부처님 하면서.

간절함과 애절함이 담긴 절실한 기도를 드렸다.

2016

인연은 아름다움입니다. 인연은 기쁨입니다. 인연은 새로운 소생이며 기적의 산물입니다. 환희로운 인연의 끝은 행복한 동반자가 되기도 합니다. 외롭고 힘든 고행길인 인생길에서 인연의 몫은 인생의 전부를 논할 수 있는 덕목입니다. 인연의 끈을 잘 엮는다는 건 평탄한 인생길을 잘 갈 수 있다는 신호등일 것입니다. 행복한 인연의 끈과 영원히 함께 할 수 있다는 것은 기적입니다. 그 기적을 얻기 위해 우리는 참삶을 살아야 합니다.

2016년 1월 1일

새해가 밝았습니다. 2016년이라고 하네요. 한동안은 낯선 숫자일 테지만 이 숫자가 익숙해질 때면 한 해도 중간쯤 가고 있겠죠!

늘 그래왔건만 올해는 더 낯설게 느껴지는 건 왜일까요. 더 이상 먹고 싶지 않은 나이가 꽤 부담스러워서일까요.

편한 마음으로 우아하게 나이 들고 싶다고 한 건 새빨간 거짓이었나 봐요. 이왕 먹은 나이, 먹은 만큼 최선을 다하는 멋진 시니어가 되겠습니다.

우아한 모습으로 60대를 활기차고 매력 있게 보내겠습니다.

지난 삶을 후회하지 않는 기품과 멋스러움으로 매일을 채워 보겠습니다.

남들에게도 참된 인격과 수양이 겸비된 마음으로 자비를 베풀며 참 삶을 만들어 보겠습니다.

국태민안에 득이 되는 진실된 삶엔 동조를 아끼지 않겠습니다.

더불어 사는 조직에 도움이 되는 시간을 투자하며 보람을 맛보겠습니다.

이 모든 것을 이행할 수 있음을 새해 첫날에 다짐하며 마음에 새겨봅니다. 금방 지나갈 것만 같은 2016년을 알차고 보람 있고 건강하길 기원 드리며 행복도 보내 드립니다.

엄마 마음

2016년 1월 20일

겨울이 맥도 못 추고 그냥 넘어가는 줄 알았는데, 요며칠 제 구실을 톡톡히 하고 있다.

계절의 질서는 없어진 듯하다가도 결국엔 자기 역할 잘 찾아서 하는 과학인 듯도 하다.

머지않아 예쁜 모습으로 짠~ 하고 나타날 봄, 지금부터 설레는 마음으로 기다린다면 너무 성급한가.

어제 오늘의 추위에선 봄을 기다리는 마음을 조급하게 만들었다. 기다리는 여유가 필요할 때가 많건만, 망각의 노예가 될 때가 있어 정확한 판단을 그르칠 때가 있는 건 인간의 한계일까?

특히 엄마라는 존재는 그런 여유와 생각을 놓칠 때가 너무 많아 놀라움을 금치 못할 때가 종종 있다.

계절의 변화는 많은 것을 배우고 느끼고 깨달음도 가르치는 훌륭한 선생님일 때도 있다.

기다려 주는 것엔 많은 뜻이 포함된 인내도 있음을 알아야 한다. 오늘도 지구는 돌고 계절의 흐름도 돌고 있음을 인지해야만 오늘의 추위도 이겨 낼 수 있을 것이고, 인생의 고비도 슬기롭게 잘 이겨 낼 수 있는 것.

날씨 하나만으로도 많은 것을 생각하게 하는 오늘 아침이다.

2016년 1월 25일

　엄청 추운 날씨임에도 아들 생일 새벽기도 가는 엄마 아빠에겐 그다지 춥지가 않았단다.

　부모의 힘은 역시 대단한 위력을 갖고 있음을 체험한 아들 생일날! 진심으로 축하, 축하한다.

　태어나서부터 잦은 병치레로 늘 엄마 마음을 아프게 했던 아들. 초등학교 때는 유난히 장난이 심해 야단을 많이 맞던 네가 어린 나이에 영국으로 유학을 가겠다고 했을 때의 그 두려움과 슬픔을 엄마는 아직도 생생하게 기억하고 있단다.

　아들 유학 보내놓고 너무 불안하고 마음이 아파 새벽기도를 시작했고, 미친 듯이 기도에 몰두해야만 살 수 있었던 그런 시절도 이젠 먼 옛일 같더니만, 오늘은 어제 일처럼 생각나는구나.

　그런 저런 시절 다 지나고 보니 아들 나이가 벌써 꽤 많아져 있으니, 부모는 언제 의무에서 벗어나는 자유인이 될 수 있을까 생각해 봤지만 답이 없다는 것이 정답인 것 같다.

　늘 말하지만, 엄마 아들로 태어나 준 것은 엄마 인생에서 가장 복짓고 행복하고 값진 일이라 생각한다.

　그 고마움과 감사함은 두고 두고 아들에게 갚을게.

　지금도 아들이 엄마 곁에 있어 너무 행복해서 감사의 기도 잊지

엄마 마음

않는단다.

언제 어디서건 내 아들에겐 좋은 일, 기쁜 일, 행복한 일만 있게 해 달라는 게 엄마의 기도 제목이란다.

늘 부처님을 의심 없이 믿고 있는 엄마의 기도는 꼭 이루어질 것이다. 꼭~

건강도 함께 기도해 주마.

2016년 1월 29일

추위가 몇 번은 더 오겠지만 오늘은 햇빛 없이 포근한 날인가 보다. 오늘도 난 그림을 그리고 있다. 가만히 앉아 텔레비전만 보면서 시간을 죽이는 삶이 싫고 세월이 한심해서, 숙제를 해 가면 야단맞을 거 뻔히 알면서도 그림을 그리며 행복을 추구해 봤다.

역시 행복하더구나, 뭔가 열심히 할 수 있다는 내 자신이.

늘 멋지고 우아한 늙음을 꿈꿔 왔기에 민화를 내 몸과 성격과 마음과 취향에 맞추려고 노력해 왔는지도 모른다.

나이 들어 내가 할 수 있는 그 무엇을 민화라고 생각하고 지루하고 싫증날 때마다 마음 달래며 매만졌던 것이 민화인 것 같다.

자칫 우울할 수도 있는 나이에 색상이 화려하고 꽃과 나비와 새들이 주인공인 민화를 보면서, 이제부터 마음 붙이고 시간 낭비 없이 자신의 성취감과 흥을 돋울 수 있는 건 민화라고 여기며 정성을 쏟고 있는 중이다.

내가 나를 사랑하고 아껴야 행복하게 나이 들어 갈 거라고 믿는다.

오늘이 1월 마지막 불금이란다. 아들도 시간과 세월 낭비 없는 멋진 오늘이 되길 바라며 시간의 소중함도 잘 터득하길 바란다.

늘 좋은 소식만을 기다리는 엄마가

2016년 2월 10일

구정 연휴도 오늘로 끝이구나. 오랜만에 주어진 긴 연휴도 쉼표 하나로 끝이 난 것 같다.

딱히 꼭 해야 할 일도 없었지만 그렇다고 지지하게 넘기긴 싫어 내 마음을 정화시키는 여유로움으로 붓을 잡고 한지에다 내 마음에다 색을 입히는 민화 숙제로 연휴를 장식했다.

널부러지고 싶은 마음도 있었지만 그런 모습은 내 자신도 보기 싫고 용서가 안될까 봐 자신을 부추겨 보았다. 힘든 건 힘든 거고, 아픈 건 아픈 것이기에 낙오는 되고 싶지 않았다.

연휴 내내 한 집에 두 가족이 살고 있는 듯한 불편함을 느꼈던 엄마의 소견이 안타까웠다. 그래도 가족인가? 가족은 같이 소통하고 희로애락을 함께 느낄 수 있어야만 진정한 가족이라 생각하는데, 우린 많은 것이 결여된 한 집에만 살고 있는 가족일 뿐이다. 알맹이가 없는 껍데기뿐인 가족으로 살고 있구나, 지금 우리 모습이.

단절된 대화에 극히 짧고 형식에 지나지 않는 말들만 오갈 뿐. 이건 피와 살을 나눈 모자, 부자 지간이 아닌 그저 동거인일 뿐. 안타까움이 너무 크다.

머지않아 결혼하면 그나마 얼굴을 보거나 대화할 시간도 없이 영영 떨어져 살 사람들인데, 같이 살 수 있는 시간도 한 집에서 생활하며 마주할 시간도 짧은 시간뿐일 텐데 아쉬움이 크다.

그저 동거인으로만 있는 아들의 모습이 엄마 마음을 많이 서글프게 한다.

잔소리로 듣는다면 많이 섭섭할 것 같고, 같이 살고 있는 한 가족이 되어 주었으면 하는 것이 부모의 바람이다.

부모 자식이 함께 한 집에 살 수 있는 시간은 결코 많거나 길지 않음을 숙지해 주길 바란다.

내일부터 또다시 파이팅 할 아들에게 아쉬운 마음으로 쓴 글

엄마 마음

2016년 2월 19일

내가 사는 집 앞엔 오래된 지하상가가 있다. 옛 추억이 그리울 땐 느릿한 걸음으로 회상에 젖으며 이 가게 저 가게를 짚어가며 구경도 하고, 가끔은 추억의 물건을 만져보다 내 물건으로 만들기도 한다.

50년 전 LP판 정도는 널려 있고, 그 속에서 보물을 찾느라 머리가 하얀 노신사분은 돋보기 너머로 몇 시간을 무언가 추억을 찾고 계신다.

추억의 영혼을 줍고 계신 것 같아 방해하지 않고 주위를 맴돌다 아는 LP판이 눈에 띄면 내 영혼도 바로 그 시절로 나들이 가서 놀고 있어 흥미있고 재미있어 요즘은 자주 들른다.

그렇게 아꼈던 각양각색의 카메라와 세월이 흠뻑 묻은 때묻은 전축들이 줄지어 앉아 있고, 옛날 우표와 옛 화폐, 동전 등을 지키고 계시는 노신사분들이 대부분 가게 주인이다.

팔려도 좋고 안 팔려도 좋고, 젊음과 청춘을 바쳐 수집해 두었던 애장품들을 이젠 다른 이에게 넘겨 수명 연장만을 기대하듯 값엔 연연하지 않는 모습에 노신사분들의 노후는 행복해 보였다.

예전에 엄마들이 대바늘로 많이 떠서 입혔던 그 털실에 변하지 않은 디자인의 털옷은 너무 정겨워 늘 한참을 머물다 가는 곳이다.

예전에 코바늘로 테이블보, 책상보를 많이도 떴었건만, 그 실에 디자인마저도 변하지 않고 머물러 있는 그 가게에 난 종종 들러 과거에 머물다 오곤 한다.

과거의 예쁜 추억들은 정신적인 힐링으로 나를 그 시절 그곳으로 한바탕 여행을 떠나게 해 준다.

골동품들도 구석구석에서 주인을 기다리느라 매일 때빼고 광내며 폼잡고 있고, 옛 방식의 수제화로 만든 신사 숙녀 구두의 변천사도 볼 수 있어 내 발걸음을 자주 멎게 하며, 50년의 세월을 넘나드는 그 기분을 정겹게 느낄 수 있는 그 지하상가가 있어 얼마나 행복한지.

옛 정취를 마음놓고 느낄 수 있는 사랑하는 회현 지하상가.

나에겐 마음의 고향이며 마음의 보석창고임을 증명하도다.

2016년 2월 26일

　아랫녘에는 봄동 캐는 아낙들의 흥겨운 춤사위가 분명 봄이 오고 있음을 알려 주고 있다. 봄동은 웃지 못할 사연이 있었기에 언젠가부터 눈여겨보던 작물이다.

　제일 먼저 봄을 알리기 위해 과감하게 겨울과 맞서고 있는 봄동. 겨울도 슬슬 꼬리를 감출 준비를 하게 되는 봄의 전령사가 바로 봄동이다.

　산에서는 매화가 봄의 맞잡이라면, 들에선 역시 봄동이 봄의 수호신 역할을 하면서 겨울에게 자리매김을 확실하게 일러주는 작물이다. 봄동은 겨울 내내 땅 속 깊이 영양분을 듬뿍 받았기에 온갖 맛을 다 낼 수 있는 오묘한 채소다.

　어제는 봄바람이 어찌나 설치는지 꼼짝없이 손들고 들어왔지만, 이런 봄바람이 빨리 멎길 바라는 봄꽃들도 얼굴을 내밀까 말까 밀당을 하고 있을 것이다.

　하지만 봄바람과 잘 타협해서 나오길 바라며 곧 만개하길 기대한다.

　만개의 미덕도 행복한 마음에서 나오는 것이기에, 봄을 행복한 마음으로 기다리니 너무 서두르지 말고 예쁘게 화사한 모습으로 만납시다.

2016년 3월 2일

어~ 벌써 4월호가 나왔네.

진지하게 읽다가 언젠가 본 듯해 설마하고 표지를 보니 2015년 4월호여서 깜짝 놀랐다.

내가 읽었어도 한 달 전쯤에 읽은 책인 줄 알았는데 일 년 전 책이었다. 아무리 시간과 세월이 빨라도 일 년을 한 달로 착각할 정도는 아니건만….

삶의 삭풍이 아무리 매몰차게 나를 내몰려 했더라도 수긍할 수 없는 현실이 현실인 것에 마음이 많이 시렸다.

너무 열심히 달려와도 일 년이 한 달 같다고 내 마음 달래 보지만 이건 아니었다.

무심코 강처럼 흘러 버린 세월이 이리도 아깝고 두려울 줄이야!

꿈은 환한 양초 불빛처럼 우리 인생 행로를 멋지게 장식해 주고 용기를 주기에 마음의 불을 당겨 보는 새봄을 맞이할까 한다.

사람의 인생이 하나의 풍경이라면 멋진 풍경 만들고 연출하는 연출자가 폼나는 인생인 것 같다.

엄마 마음

2016년 3월 11일

인연은 아름다움입니다. 인연은 기쁨입니다.

인연은 새로운 소생이며 기적의 산물입니다. 환희로운 인연의 끝은 행복한 동반자가 되기도 합니다. 외롭고 힘든 고행길인 인생길에서 인연의 몫은 인생의 전부를 논할 수 있는 덕목입니다.

인연의 끈을 잘 엮는다는 건 평탄한 인생길을 잘 갈 수 있다는 신호등일 것입니다. 행복한 인연의 끈과 영원히 함께할 수 있다는 것은 기적입니다.

그 기적을 얻기 위해 우리는 참삶을 살아야 합니다. 기적은 함부로 아무한테나 주어지는 것이 아니기에, 후회 없는 참된 길을 아름답고 정다운 눈길로 복된 덕담만을 쏟을 수 있는 마음의 큰 그릇도 있어야 합니다.

그러면 에움길 없는 평지만을 걸을 수 있는 꽃길 같은 인연을 만날 수 있답니다. 그런 인연으로 최상을 걷고 싶소이다. 지금만 같이.

2016년 3월 23일

화창하고 봄볕이 따스한 밋진 오늘, 난 구순의 아버지와 단둘이 데이트 겸 쇼핑을 하러 백화점 나들이를 했다. 복잡해서 정신은 없었지만 난 아버지 팔짱을 꼭 끼고 신나게 다녔다.

봄날에 잘 어울리는 정장 한 벌을 외손자인 내 아들이 할아버지께 꼭 사드리고 싶다고 해서 우린 쇼핑을 끝내고 버거킹에서 스테이크햄버거와 콜라로 점심을 대신했다.

난 당당하고 튼튼하셨던 아버지의 팔이 너무 야윈 것 같아 마음이 아팠건만, 모든 이들은 구순 연세에 너무 정정하고 건강해 보이신단다. 자식과 남들의 이목은 이리도 다른 걸까?

큰딸인 나하고 있는 게 제일 좋고 편하다고 웃으시며 하신 아버지 말씀에 내 마음은 따뜻한 행복감에 젖었다.

누구나 자기 인생의 그림을 그리는 화가다. 자기 현실에 어떤 색깔을 입히느냐에 따라 인생의 빛도 달라진다. 그 빛이 얼굴과 눈에 나타나 표정이 되듯 좋은 얼굴 표정은 곧 좋은 인생의 표정이 된다.

그래서 모두 좋아 보이신다고 한 소리들 하셨나?

어쨌든 아버지와의 오늘 데이트는 봄꽃보다 더 아름다운 시간이었다. 더 자주 해야지.

엄마 마음

2016년 4월 1일

진정 봄이 오기는 왔나 보다. 여기저기서 꽃축제가 펼쳐지고 꽃구경 갈 채비를 하는 사람들의 얼굴에서도 발그레한 매화꽃 향기가 샘솟듯이 웃음이 피어나고 있으니 말이다.

아침저녁 기온 차는 여전히 크지만 맥없이 부려보는 겨울의 잔해라고 생각한다. 목련의 입 꼭 다물고 도도히 서 있는 모습이 제일 예쁜 그 봄이 지금이다.

이번 외할아버지 생신 때 멋진 정장을 사드린 우리 아들이 얼마나 자랑스럽던지. 할아버지께서도 손주에 대한 고마운 마음을 간직하셨을 것이다.

일 년 동안 할아버지를 위해 적금 들어 전해 드린 축하금도 행복을 전해 드린 것 같아, 우리 아들이 얼마나 훌륭해 보였는지 모른단다.

내일은 할머니 할아버지 모시고 설악산 관광까지 효도하는 모습 영원히 기억하시고 좋아하실 것 같아 엄마 마음도 행복해진단다.

고맙다, 아들아!

아들도 이젠 본인의 시간을 많이 가져야 할 텐데….

틈틈이 우리 아들도 행복하고 좋은 시간 많이 갖길 바라는 게 엄마 아빠의 바람인 건 잘 알겠지?

매일 아침이면 아들 출근시켜 주고 싶어 전전긍긍하시는 아빠 모습도 얼마나 사랑스러운지.

자식 사랑이 유별나게 돈독하신 아빠의 아들 딸로 태어난 것도 너희들의 큰 복이다. 다 잘 알겠지만, 보통의 사랑이 아닌 큰 행운의 복인 것만은 진실인 걸 인정하고 매사에 감사하며 사랑하는 마음을 갖는 것만이 큰 보답이라 생각한다.

오늘도 불금이란다. 아들이 행복할 수 있는 불금이 되길 바란다.

사랑한다, 아들아.

아들을 사랑하는 마음으로

엄마 마음

2016년 4월 5일

앞뜨락 뒤뜨락에 파란 새순이 올라와 있고, 아랫녘의 봄꽃이 이곳에서도 향기를 풍기고 있는 지금은 진정한 봄이다.

여기저기서 들려오는 꽃소식이 올해는 어떤 기쁨을 전해 줄까.

그런데 매일매일의 뉴스는 진흙 속의 난장판이요, 비춰지는 그 인물들은 신물이 날 지경이니 어찌 국태민안을 꿈꿔 보겠소?

예쁜 꽃님들이여, 구질구질하고 떡잎 같은 쓰레기들 이젠 그만 보면 안 되겠소. 나라님들 판에 늘 관심과 초점 맞추기를 해 온 이 몸도 이번에는 도장 찍기를 포기해 볼까 한다오.

아름답고 향기로운 꽃님들이여, 밝고 깨끗하고 정겨운 소식들만 듣고 볼 수 있는 그런 세상 만들어 줄 순 없겠소?

풍요롭고 여유로움으로 아름다운 자태와 향기를 뽐내고 있는 봄꽃님들, 어렵지만 활기차고 기쁨과 사랑만이 넘치는 그런 아름다움을 만들어 줄 순 없나요?

내년을 기약하고 떠나지 말고 예쁘고 곱디고운 선물 듬뿍담뿍 베풀고 가소서.

국태민안이 울고 있소이다.

2016년 4월 10일

행복의 멋과 맛은 너무도 다양하다.

곁에 오는 행로도 각양각색의 길을 찾아 우리에게 다가온다.

형체도 없이, 모양이나 냄새도 없이 슬그머니 다가오는 행복을 느끼며 향취하기란 고도의 힘이 필요하다고들 여긴다.

그런데 행복은 늘 내 곁에 머물며 알아 주고 잡아 주고 기다려도 준다.

행복을 발밑에 밟고 있으면서도 행복 찾아 허우적대는 미련한 사람은 되지 말아야겠다.

욕심과 허영에 쫓기어 품속으로 선물처럼 살며시 들어온 행복 보따리도 챙기지 못하는 어리석음은 겪지 말아야 한다.

팔만 뻗으면, 마음만 조금 움직여도 사방에서 느낄 수 있는 행복의 목마름에서 모두 해방될 수 있음을 인지하며, 우선 내 발밑에 있는 행복부터 주워 담아 본다.

멋진 한 주를 시작하며.

엄마 마음

2016년 4월 11일

봄의 햇살을 느낄 수 있는 요며칠 동안 흐드러진 꽃잔치에 청사초롱 줄줄이 불을 밝혔던 벚꽃 행진도 감미롭게 잘 감상했다만, 벌써 4월이란다. 짧디 짧은 봄도 이젠 점만 찍고 떠나려 하는 건 아닌지….

오늘도 온종일 그림에 생명을 불어넣는 바림작업으로 하루를 보냈단다. 이렇게 행복한 작업이 오후 막바지엔 피곤이 엄습해 꼼짝 못하게 했지만, 내일이면 엄마는 또 붓을 잡고 행복하다는 감정의 포로가 되어 있을 것이 분명하단다.

육십이 넘어 만난 민화가 나를 행복 줄타기로 몰아넣을 줄은 몰랐다. 그리면 그릴수록 그리고 싶은 욕망이 솟구치는 이 엄마가 얼마나 대견한지. 아직도 몰입할 수 있는 열정이 나에게 있다는 게 행복 아니겠는가! 이틀 후면 선거날, 난 그림이나 그릴란다.

난생 처음 투표하고 싶은 마음이 들지 않아 신성한 한 표를 포기하련다. 해야 할 의무는 있는데, 하고 싶은 당이나 사람이 없으니 어찌하오리까? 나라님들 하는 꼴들이 너무 보기 싫다.

그림에 혼백 쏟아 멋진 병풍이나 만들어 볼까나. 그러다 보면 뉴욕 식구들 올 테고, 그렇게 4월도 지나가겠지. 잘도 간다, 그놈의 세월.

2016년 4월 13일

제철이 언제인지도 모르는 이 생선을 난 그냥 좋아한다. 그 어떤 어마어마한 생선보다도 무조건 좋아한다. 아주 어릴 때 우리 엄마는 소화가 안 되거나 몸이 아플 땐 늘 그 생선에 마늘과 파와 물만 자작하게 넣고 끓여서 드시고 나면 툭 털고 일어나셨다.

그래서 난 신기한 그 생선이 무조건 좋았다. 그땐 생선 이름이 뭔지도 몰랐고 알고 싶지도 않았다. 그냥 엄마가 드시면 아픈 걸 싹 낫게 해 주는 생선이라는 것밖에 몰랐다.

그런데 언젠가부터 나도 소화가 안 되거나 몸이 힘들 땐 그 생선을 사서 그 옛날 엄마가 하셨던 방법으로 조리해서 먹으면 신기하게도 툭 털고 일어날 수 있었다. 그 생선 이름을 나중에 알았는데, 그건 임연수였다.

예전엔 흔한 생선이라 이름은 몰라도 손가락으로 가리키면 살 수 있었던 그 생선이 언젠가부터 쉽게 살 수가 없다.

어젠 며칠 전 보았던 그 생선가게에서 10마리 사서 채반에 말리고 있다. 꾸둑꾸둑 마르면 지져도 먹고 튀겨서도 먹고, 내 엄마 갖다 드리면서 옛 생각 하시라고 해야겠다. 비싸지도 않고 옛 추억을 새롭게 만들어 준 임연수에 대한 추억이 나를 기쁘게 한 어제 저녁이었다.

엄마 마음

2016년 4월 21일

    딸네 식구들이 뉴욕에서 친정 오는 날이다. 얼마나 보고 싶고 뜨거운 감정을 교류하고 싶었던 그들이었나. 이렇게 행복한 마음은 그 어떤 부자의 두툼한 지갑과는 비교할 수도 없는 예술작품이다. 그 예술작품들이 오늘 행복을 나누러 신나게 오고 있는 중이다.

    그래서 난 행복하고 마음이 아주 부자인 재벌이 되어 가고 있다, 그들이 한국에 더 가까이 오면 올수록.

    손주들에게 줄 등용문 그림도 정성스럽게 그려 포장해 놓고, 세상에서 가장 여유로운 마음으로 미소짓고 있다.

    나로선 최선을 다한 그림이기에, 손주들이 기억해 주길 바라는 마음이다. 어떠한 어려움이나 힘든 일이 있어도 수월하게 잘 넘기고 대성공만을 맛볼 수 있는 간절한 할머니의 소망과 발원이 깃들인 보물이기에.

    내 딸에게는 연화도 가리개를 멋지게 꾸며 났다. 뉴욕 집 멋진 곳에 아름답게 꾸며질 거라 믿으며 준비한 선물이다. 주고 주고 또 줘도 아낌없는 내 솜씨가 이리도 보배스러울 줄이야.

    이번 한국행도 멋지고 즐겁고 행복하고 건강한 모습으로 잘 지내다 돌아가기를, 엄마의 기도는 오늘도 내일도 끊임이 없다.

2016년 5월 4일

보슬비에 살랑거리는 바람결은 코끝을 향긋한 꽃향기와 풀내음으로 기분을 상쾌하게 해 준다.

요즘의 내 기분과 향취가 맞아떨어지는 것은 뉴욕에서 온 사랑 넝쿨들이 내 온몸을 짜릿한 행복의 전류 속으로 몰아넣고 있기 때문이다.

순간순간 빼앗김 없는 통째의 기쁨을 만끽하고자 일분 일초의 버림도 없는 최선의 행복을 즐기고 있다.

그런데 고 이쁜 것들이 오늘만 지나면 간단다. 시간아, 멈추어 다오를 그렇게 외쳤건만, 현실은 나를 얼마나 비웃었을까?

흐르는 시간을 막을 수 없음도 너무나 잘 알고 있는 난 바보가 되고 싶었다. 그래서 시간을 잡고 싶었건만, 텅 빌 이내 마음 어찌하오리까!

봄바람마냥 설레었던 내 마음을 잠재울 건 어디서 찾을까나.

다시 돌아갈 내 생활에 충실하다 보면 가라앉을 마음이여.

너무 멀지 않은 날 다시 행복과 환희 속에 나를 띄워 주려무나, 이쁜 뉴욕 식구들이여!

엄마 마음

2016년 5월 6일

　2주 동안 내 행복은 하늘을 치솟을 만큼 크고 대단한 위력을 가진 것이었다. 생각만 해도 가슴이 뛰고 연신 미소가 지어지던 손주들을 안을 수 있었고, 그리운 딸과 사위까지 껴안을 수 있었으니 어찌 기쁘지 않았겠나.

　아들이 잘 짜준 일정이 뉴욕 식구들에겐 즐거움과 여행의 재미를 느끼게 해 준 것이 고맙고, 출근 준비도 힘들었을 텐데 잘 견뎌 준 아들에게 칭찬해 주고 싶다.

　요즘 계속 내리고 있는 봄비의 달콤함이 이번에 맛본 행복을 오래 머물게 했으면 얼마나 좋을까?

　그 행복을 계속 유지하며 즐겁고 기쁜 마음으로 살고 싶다. 손주들과 교감했던 그 행복, 그 기쁨 얼마나 좋았는데….

　건강하고 기쁘고 즐겁게 잘 지내다 뉴욕으로 돌아간 딸네 식구들에게도 감사한 마음이다.

　이제부턴 아들에게도 좋은 일만 있길 바라는 엄마의 마음도 잘 챙기길 바랄게. 아들에게 여러 가지로 고마운 점 전한다.

아들을 사랑하는 엄마가

2016년 5월 13일

꽃은 필 때를 알고 질 때를 알아 순리에 어긋남 없이 순서와 차례를 잘 지켜내고 있다. 우리 인생에도 피고 지고와 질서만 확실하게 지켜 준다면 물 흐르듯 편안할 수도 있을 것을, 모든 이들이 자유로운 홑씨 되어 훌훌 멋대로 나대니 힘든 에움길에서 헤매고 있는 건 아닌지.

가슴속 빗장을 활짝 열고 얼음짱 같은 속마음에 불붙는 열정을 가득 담은 장미꽃이 되고 싶다. 불타오르는 계절의 여왕을 근사하게 맞고 싶다. 육각등, 팔각등, 오색이 찬연한 초파일 등축제에도 인간의 애환을 영롱하게 밝고 맑게 승화시켜 주는 인연의 끈이 있는 초파일이 내일이다.

난 초파일날 어느 노보살님께 드릴 연화도 족자를 준비해 뿌듯하고 행복한 마음으로 내일을 기다리고 있다.

일요법회 때마다 뵙는 노보살님의 귀품스런 자태에 빠져 정성을 다해 그린 연화도를 선물로 드리고 싶어 초파일을 손꼽아 기다리는 내 마음은 이미 오색등이 켜져 있음을 난 알고 있다, 행복하기에!

엄마 마음

2016년 5월 21일

비우고 버리고 내려놓으니 세상의 빛과 향이 달라짐을 직접 획득하고픈 마음에서 열심히 기도하며 마음공부를 한다. 그 큰 경지에 오르기 전 과정에서 오히려 더 많은 숙지를 체험하며 터득할 수 있는 마음이 나를 또 일깨운다.

큰 산이 나를 안아 주고 깊은 물이 내 속을 인정해 주는 그런 삶인 지금의 내가 좋다.

미소는 나눌수록 더 예뻐 보이고, 가시가 없는 고운 말은 상대를 편안하게 하고 믿음과 사랑을 준다.

험악한 뉴스 한자락이 내 맘을 흔들 순 있어도 내 마음에 피어 있는 꽃송이는 모든 걸 제어할 수 있는 힘과 여력으로 나를 지켜 준다.

그래서 공부 중에 제일 큰 공부는 마음자락 잘 먹는 마음공부가 아닌가. 내 마음 다스림에 게으름 없는 정진을 위해 이런 글로 다시 나를 토담질해 본다. 내일의 빛을 위해!

2016년 5월 27일

　시간은 언제나 나에게 스승이다. 어제의 시간은 오늘의 스승이었고, 오늘의 시간은 내일의 스승이 된다. 그 많은 시간들 중에서 나를 위한 진정한 시간들은 얼마큼의 부피와 무게들이 있었을까.

　내 자신만을 생각하고 챙길 수 있는 나만의 시간과 공간과 생각이 가끔은 필요하다.

　글에도 쉼표가 있고 말에도 쉼이 있어야 언어적인 표현이 된다. 하물며 인간이 자신만을 위한 쉼표도 없는 달리기 선수였다면 얼마나 삭막하고 재미없고 고뇌에 찬 인생임을, 우리는 나이 먹어서야 느낌을 받는다.

　조금이라도 젊은 나이부터 인생의 시간들을 알뜰히 쓸 줄 알고 쓸 수 있는 자신을 키워야 한다. 시간을 허투루 막 쓰는 건 자신에 대한 모독이고 죄악이기에.

　그래서 오늘도 난 시간을 쪼개어 예쁘고 멋지게 활용하려고 노력해 본다. 먼 훗날 후회하지 않으려고.

엄마 마음

2016년 5월 31일

계절의 여왕 5월의 마지막 날. 올해는 유난히 아쉽다.

흐드러진 장미의 향도 사랑스런 꽃송이들도 곧 사라져 버릴 모습이 보기 싫을 것 같다.

축제로 물들여질 5월이 많이 초라해졌고, 여왕의 권위도 많이 떨어트린 슬픈 5월이여.

장미꽃도 5월의 여왕도 미운 짓 하나도 안했건만, 세상의 살벌함이 요렇게 만들어 놓은 걸 누굴 탓하리오.

6월 맞이 첫날인 내일부턴 나라 안팎으로 기쁘고 좋은 소식들만 전해 주소서.

산다는 것은 인생의 멋진 예술작품이거늘, 눈부시게 두려운 아름다운 기적을 만들고 싶소이다.

그리고 가슴이 가장 뜨겁고 여유로운 6월을 꿈꿔 보리라.

모든 이들이여!

2016년 6월 15일

여행은 늘 즐겁고 흥분된다.

어느 곳 어디라도 문화가 다른 나라를 체험할 수 있다는 건 늘 새롭다.

여행 가방 챙길 때의 설레임은 나이가 들수록 더욱더 깊어짐을 느낀다.

늙음이 방해가 되기 전까진 가방 싸는 번거로움도 축복으로 여기리라.

그래서 건강도 잘 챙겨야 할 의무가 있다, 나에겐~.

그리도 즐기던 여행놀이 언제까지나 할 수 있으려나.

건강 잘 관리해서 즐기고 행복을 수놓고 싶다.

이번 여행길에도 동반자인 남편과 건강과 기쁨을 주워 담으며 최선의 보람을 맛보리라.

엄마 마음

2016년 7월 4일

시작과 끝이 없고 있을 수도 없는 것이 세상엔 분명 존재하고 있다. 시키지도 않고 명령받지 않음에도 시행되고 있는 그 무엇은 효와 사랑이다.

누구의 강요나 강압 없이도 스스로 눈을 뜨고, 눈을 떠서 느끼며 행할 수 있는 효와 사랑은 한 묶음의 동일체다.

따로따로는 이루어질 수 없음이 진리인 것을 이제서야 깨닫고 깨우친 것이 아쉬울 뿐이다.

한 묶음으로 움직여야만 제대로 된 정성과 효성이 이루어짐도 체험 없이는 얻을 수 없는 큰 대가였다. 후회는 철없는 이의 망동이기에 이미 때가 늦으면 영원히 늦으리.

나에게도 주어진 기회는 최선을 발휘할 수 있는 효와 사랑이었다. 놓치지 않고 때늦지 않게 기지를 발휘하며 맘껏 그러웠던 사랑은 두고 두고 자신을 칭찬해 주고 싶다.

먼 훗날, 그 시절 효와 사랑의 기회를 주신 부모님께 감사하리.

2016년 7월 11일

늘 바쁘게 지내다가 오랜만에 가져보는 휴가가 즐겁고 좋았으면 한다. 진짜 여행을 즐길 줄 아는 아들이기에 짧았지만 이번 휴가도 행복을 만끽했으리라 생각한다.

몸만 휴식이 필요한 게 아니고 마음에도 '쉼'이 필요하기에 몸과 마음의 휴식을 충분히 누리는 여행길이었으면 한다.

아들이 행복하고 기쁨에 찬 마음이면 엄마는 늘 아들과 같은 마음이란다.

행복은 내가 누린 만큼만 행복하고 내가 느낀 만큼만 행복을 누릴 수 있기에, 우리 아들은 폭넓고 깊이 있는 행복을 늘 갖길 바라는 게 엄마 마음이란다.

그리고 아들 일로 엄마가 행복할 수 있는 일이 빨리 왔으면 좋겠다는 것도 꼭 전해 주고 싶다. 그러려면 아들도 방관만 하지 말고 적극적인 자세와 진취적인 행동으로 일을 성사시켜 주어야만 한단다.

아들, 엄마가 꼭 부탁할게.

동해안 쪽을 돌아오기로 한 아들, 무사히 잘 도착하길 바란다.

엄마 마음

2016년 7월 15일

올해는 장마가 때와 길을 잃었는지 그리 시원치 않게 넘어가는 대신 억세게 폭염을 뿜어내고 있는 것이, 올여름엔 무더위로 기진맥진하게 만들 것 같다. 그동안 인간도 자연을 사랑하지 않았으니 자연도 그대로 보복할 수밖에.

친절과 사랑과 배려와 이해와 칭찬은 베푼 만큼 돌아오는 것이 아니고 헤아릴 수 없을 만큼 더 큰 보물이 되어 돌아오는 것이다.

자연사 이치에도 똑같은 법이기에 함부로 자연과 지구를 훼손한 대가를 지금 인간들은 호되게 벌을 받고 있는 중이겠지.

올여름 찜통 속 무더위도 그중 하나일 수도 있으니 각별히 건강 잘 관리하고 챙겨야만 슬기롭고 지혜롭게 잘 보낼 수 있을 것이다.

우주의 철칙과 인간사의 법도에는 내가 한 대로 받는 것이기에 어디에다 한탄도 못할 것이다. 올여름 단단히 몸 단도리 잘하고 건강한 여름 잘 보내길 바란다.

2016년 7월 18일

아침부터 잡은 붓이 잘 놔지지가 않아 지금까지 그린 꽃그림에 월요일의 열정을 다 쏟은 것 같다.

자디잔 꽃은 손을 많이 타기에 해도해도 끝이 없는 꽃송이를 오늘은 끝내고 싶어 열정을 퍼붓고 있다.

그런데 엄마는 자상하고 푸근한 성격의 멋진 아들에 대해선 알고 있는 게 너무 없는 것 같아 많이 섭섭할 때가 있단다.

엄마로서 아들에 대해 아는 게 너무 없다는 게 자존심이 상할 때가 많았는데 나름대로 인격을 지키고 있었고, 아들이 말해 주기를 기다렸는지 모르겠다.

특히 아들은 배우자에 대한 얘기는 너무 민감하게 받아들여 가슴 답답할 때가 많단다. 깊이 사귀는 사람은 아니어도 지금 만나거나 관심을 두고 있는 사람이 있는 것 같아 아들에게 조심스럽게 묻고 싶고 꼭 듣고 싶다.

편한 마음으로 엄마한테 지금의 너의 상황이나 속마음을 얘기할 수 있지 않을까? 이젠 아들이 선택한 사람이라면 응원해 줄게.

꼭 듣고 싶다, 너의 진실된 속마음을.

카톡으로라도 아들의 답을 듣고 싶은 엄마가

엄마 마음

2016년 7월 29일

　장마의 진수를 보여 주는 빗줄기를 오랜만에 본 것 같다. 그럴 듯한 장마도 없이 8월 무더위를 맞이하는 줄 알았으니까.

　이런 날 그릴 그림이 있거나 숙제라도 있으면 얼마나 좋을까? 좋아하는 일이 기다리고 있다는 것이 얼마나 행복한가를 잘 알고 있는 엄마이기에, 오늘 같은 날은 너무 무료하고 지루하고 싫은 날 중의 하나란다.

　이 나이에 엄마가 좋아하는 걸 찾았다는 게 이렇게 다행이고 행복할 수가 없단다, 아들아.

　인생에서 가장 멀고 가장 빛나는 것은 내가 나를 찾아 떠나는 길이라고 하는데, 그 길을 떠나지 않고도 나를 찾게 해 준 그림은 나에겐 큰 보물상자라고 생각하고 많이 사랑한단다.

　엄마가 그림 그릴 수 있도록 도와주고 협조해 주시는 아빠가 계셔서 큰 힘이 된단다. 잘 그리지는 못하지만 좋아하는 열정만 은 대단하기에 그것으로 만족하려 한다.

　미리미리 숙제를 다 해놓은 날은 이렇게 무료하구나.

　행복한 불금 되길 바란다, 아들아.

2016년 8월 3일

오늘도 그림 그리느라 무척 바빴다. 월요일날 받은 채본은 성격 테스트를 하려고 그랬는지 너무 조그맣고 세밀해서 초안 그리는 작업이 몹시 힘들었다.

무더운 날씨만큼이나 애를 먹이는 초안 그림이 지금 막 끝났다.

그런데 텔레비전에서 귀에 익은 노래가 흘러나왔다. 둘째인 너를 낳으려고 수술대 위에서 떨리는 마음으로 의사를 기다리고 있는데 조그맣게 들려오던 윤형주의 '사랑의 비가 내린다'는 그 노래가 나오는 것이었다.

순간 텔레비전을 봤지만 제목은 오늘도 모르겠다. '사랑의 비가 내린다'는 가사와 곡만큼은 잊을 수가 없었는데, 그 곡이 오늘내 가슴을 파고들더구나.

36년 전 그때 그 상황이 너무 무서웠었는데, 그런 노래나 듣고 있는 그곳 사람들을 원망하고 있었던 나를 돌이켜보았다. 분명제목은 모른다. 그런데 윤형주가 가냘프고 여릿한 목소리로 부르던 '사랑의 비가 내린다'는 가사만큼은 확실하게 들렸었다.

노래 하나로도 과거 여행을 하고 온 가슴 떨렸던 순간들을 난오늘 체험했다. 그때 낳은 그 아들이 이젠 제법 사회의 구성원으로 제 몫을 다하고 있는 모습이 너무 자랑스럽고 사랑스럽다.

엄마 마음

자랑스러운 내 아들!

엄마가 얼마나 너를 사랑하고 사랑하는지 알고 있으려나?

물어보면 바보인 질문.

아들 낳고 후유증으로 무척 힘들었지만, 보기만 해도 뿌듯하고 대견하고 자랑스럽고 사랑스러운 아들이기에 뿌듯하다.

엄마 인생에서….

아들을 너무 사랑하는 엄마가

2016년 8월 15일

붓과 함께 춤추고 붓놀이에 빠져서 무더위쯤은 거뜬히 끌어안을 수 있었던 한여름의 꿈. 그 꿈의 위력은 깜짝깜짝 놀랄 만큼의 예쁜 핵을 가지고 있다.

나 혼자만의 핵을 소중하게 다루며 애용하고 있는 자신이 난 너무 좋다. 삶의 쉼이 머문 자리가 곧 행복이거늘. 그 행복을 스스로 만들어 쓰고 있는 난, 내가 너무 자랑스럽다.

자신을 사랑스럽게 여기고 소중한 꿈을 그리며 보물지도를 만들어 내는 그 보물이 내겐 너무 귀중하다.

그래서 오늘의 무더위는 귀중함에 갇히고 광복의 기쁨만을 느끼게 해 주는 오늘이어서 좋다.

엄마 마음

2016년 8월 19일

난 뜬금없이 미용사와 이용사가 되었다. 나를 눈빠지게 기다리고 계시는 손님은 올해 90세인 아버지와 88세인 엄마다. 두 분은 언젠가부터 이발소, 미장원이 가기 싫고 귀찮으시단다.

슬며시 큰딸인 내게 물어보신 말씀.

"머리 자를 줄 아니?"

"못할 것도 없죠"로 시작된 이용사는 그렇게 탄생됐고, 엄마도 이젠 내 전용 손님이 되셨다. 가끔 미장원에서 파마만 하시고 큰딸인 내게 커트를 하시겠단다.

며칠전부터 애타게 기다리시기에 엄마 아버지 머리 손질해 드리고 염색에 목욕까지 해 드리니 너무 좋아하신다.

해맑은 미소 덕분에 줄줄 흐르던 땀방울도 쏙 숨어 버렸다. 아버진 머리숱이 많아서 손질하기 곤란한 손님인데도 무조건 맘에 드신단다. 무료 손님들이긴 해도 정성만큼은 최고이기에.

서로 마주보며 예쁘게 잘 잘랐다고 하시니 그만둘 수도 없다.

어쨌든 난 큰 일거리가 주어졌다. 두 분 목욕까지 시켜 드리려면 힘은 들지만, 돌아오는 발걸음엔 힘이 주어지고 행복이 온몸을 감싸준다.

2016년 8월 24일

잠깐 쉬고 싶어 휴대폰을 잡았다. 온종일 붙잡고 있어도 싫지 않은 붓놀이인데 오늘은 피곤했다. 그동안 무더위 속에서도 열심히 그림을 그릴 수 있었던 건 컨디션이 괜찮은 덕분이었다.

화려하면서도 옛것을 볼 수 있고 냄새도 느낄 수 있는 민화는 엄마를 매료시킬 만큼의 혼을 가지고 있다.

더워도 너무나 더운 올여름엔 힘은 들지만 많이 행복했다.

즐기면서 행복하게 뭔가를 할 수 있다는 그 자체가 그렇게 좋을 수가 없구나.

아들도 요즘은 예전보다 꾸준히 운동을 하는 것 같아 좋아 보인다. 체력도 단련하고 몸매도 가꾸면서 멋지고 탄탄한 자기관리 꼭 부탁한다.

후회하지 않는 멋진 인생은 만들며, 좋은 인연도 만들어가는 최고의 아들을 엄마는 꿈꾼다. 그 꿈 빨리 이룰 수 있도록 아들에게 오늘도 애원해 볼게.

꼭 너에게 잘 어울리는 멋진 인연을 기대해 본다. 엄마를 실망시키지 않는 아들이 되어 주길 부처님께 늘 기도하면서….

엄마 마음

2016년 8월 26일

내 마음의 색깔은 어떤 색일까?

내 영혼의 색깔은 어둠보다 밝고 환한 색이 나를 감싸안았으면 좋겠다.

아련한 날에 나를 생각나게 하는 색깔이 예뻤으면 고마울 것 같다. 그리고 내 인생의 그림도 고운 색깔로 무지개가 폈으면 하는 것이 나의 바람이다.

고운 모습으로 순수하게 나이도 들고 나의 여정엔 햇살이 비끼지 않았으면 좋겠다.

인생은 즐기며 사는 것이지 견디며 사는 것이 아니기에 최선의 불을 당겨 본다, 내 영혼의 심지에다.

살아간다는 삶은 한 폭의 예술작품이다. 그 작품을 폼나게 그려보고 연출도 해 보고 싶다. 그럼 멀고도 먼 아련한 날에 후회 없는 미소를 지을 수 있겠지.

그날을 위해 오늘도 미소로 답한다.

2016년 9월 8일

삶은 여행입니다.

인생도 여행입니다.

그 여행길엔 희로애락의 모음길이 있습니다.

즐거움이 있으면 고달픔도 있고, 기쁨이 있으면 고통도 있는 게 우리 인생길이기에, 구부러진 인생길은 힘들다 생각하면 더욱 더 무거운 바윗돌로 돌변해 버리는 악동 중의 악동이 된다.

'그러려니' 하고 너그럽게 마음길 달래면 즐거움과 기쁨은 한없이 커지는 풍선이 된다.

우리 삶은 눈물과 미소의 교차이기에 미소만을 머금는 인생 터전을 만들며 사는 일도 큰 재주와 보람일 것이다.

추석 명절도 미소를 머금는 즐거움과 기쁨의 잔칫날로 생각을 키우면 멋진 추석이 나를 포근히 감싸줄 것이다.

그러길 바라며 올 추석도 거뜬하게 파이팅!

엄마 마음

2016년 9월 27일

　나에게 주어진 오늘이라는 여행을 설레는 마음으로 떠나려 합니다. 어제는 오랜만에 엄마 곁에서 자며 긴 여행을 했습니다. 엄마 곁에는 늘 아버지가 계셔서 우리 자리가 없었습니다.

　어젠 그 자리를 차지할 수 있는 곁이 있었지요. 늘 동생들 차지여서 욕심낼 수 없었던 자리였는데, 어제는 제 차례가 왔더군요.

　그런데 예전에 예쁘고 젊고 화사했던 엄마가 아닌, 연세 드시고 연약한 엄마가 새근새근 잠들어 있는 모습만이 내 눈에 밟히더군요.

　마음이 많이 아렸지만 88세 연세를 생각하면 감사한 마음으로 곁을 지켰습니다. 근사하게 머리 커트하고 염색까지 해 드렸더니 10년 보상을 받은 것 같아 행복했습니다.

　오늘 또 해 드리면 10년을 더 보상받을 수 있다면 얼마나 좋을까나. 매일매일 염색보다 더한 것도 해 드릴 텐데, 무심히 흐르는 시간을 그냥 바라만 볼 수밖에 없는 세월의 진리를 곱씹어 삼킬 수밖에.

　신비로운 삶의 진리는 오늘도 예외없이 흐릅니다, 한치의 비낌도 없이.

2016년 10월 7일

한 걸음 한 걸음 바들바들 떨며 사력을 다하는 내 아버지를 보면서 마음속으로 울고 있었다. 변 보는 것을 어떻게 하는 거냐고 물을 땐 땅을 치고 싶었다. 네 시간의 사투 끝에 말끔해지시기까지 엄청 힘들고 힘들었다.

그렇게 당당하고 깐깐하셨던 내 아버지의 모습은 모진 세월이 만든 것일까? 흐르는 세월 잡아채지도 못하고 그냥 흘려보내야만 하는 것도 아쉽다.

지금 내 옆에 앉아서 "너는 누구냐?"라는 엄마의 말에 등줄기에 불이 나는 줄 알았다. 한 분도 아니고 두 분에게 동시다발적으로 일어나는 일들이 내 마음을 처참하게 만든다.

언젠가 나도 나이 먹으면 그리되겠지만.

세월이 무섭고 나이 먹는 게 공포로 다가온다. 아직도 내가 누구인지 확실히 모르겠다니, 오늘은 상태가 많이 안 좋으신 것 같아 마음이 더 아프다. "더이상 내 엄마 아버지 망가지게 하지 말아주세요"가 입에서 저절로 나오는 한심한 날이다.

좀 더 나아지시는 것보다 더 나빠지지만 않게 해 달라는 기도가 맞을 것 같다.

엄마 마음

2016년 10월 8일

악착을 떨며 고약하게 심술을 부리던 여름의 뿌리가 이젠 완전히 뽑혔나 보다. 제법 시원해진 요즘, 붉고 노란 호사스러운 매력덩어리 유혹을 어찌 또 감당하오리까.

이 가을, 기쁨의 파장은 어디까지 퍼져 있고 기쁨의 혼은 얼마큼 나를 놀래켜 줄까나.

이 가을에 기대되는 많은 것들을 수놓고 싶다.

뒤바뀜 없이, 지각도 없이, 엉킴도 없이, 잘 찾아와 주는 계절의 고마움을 이 가을에 또 느낀다.

인생의 에움길 고비고비도 가을의 신선한 웃음으로 다 넘어가 주고 상처도 아물어 주었으면 한다.

고맙고 사랑스런 가을이여,

난 너를 기다리는 맛으로 삶의 향기를 느낀다.

이 가을에 난 또 얼마나 깊고 많은 가을앓이를 하게 될까.

2016년 10월 16일

흐드러신 코스모스의 가녀린 날갯짓도, 소소로운 바람결에도 체통없이 흐느적거리는 억새풀의 장관도, 소리없이 촉촉이 내려주는 가을비도 내 마음의 가을 정취를 대변할 수는 없었다.

내 인생의 흐름이 가을 언저리를 맴돌고 있음을 감지하기에 올 가을의 내음이 달콤하지만은 않는가 보다.

낙조의 호화스러움은 여명의 화려함 못지않게 아름답건만, 인생의 낙조는 가을의 쓸쓸함을 대변하는 낙엽송 같기에 나는 해오름의 차오르는 활기찬 멋을 사랑으로 잡아 보겠다.

가을빛이 온 산천을 물들이는 수고로움은 힘들었던 여름의 애처로움을 보상하는 대잔치라 하니, 맘껏 가을 축제를 미학으로 만들어 이 가을에 행복을 두루두루 전하고 싶소이다.

사랑이 넘치는 행복을!

2016년 10월 21일

　나 어릴 땐 뿌연 수증기 때문에 앞도 제대로 볼 수 없고 숨이 턱턱 막혔던 공중목욕탕이 나의 유일한 목욕 공간이었다. 아이 넷을 데리고 가셨던 엄마는 나부터 씻기곤 차례대로 씻겨 주며 마지막에야 자신의 몸을 힘겹게 휘감질하는 그 모습이 난 아직도 생생하게 떠오를 때가 있다.

　오늘은 나에겐 유일한 손님이신 부모님께서 학수고대 기다리시는 세신의 날이다. 옛날의 나를 씻겨 주셨던 그 사랑보다도 더 사랑하는 마음을 담아 꼼꼼히 씻겨 드렸다.

　많이 수척해지신 몸과 마음이 내 마음을 아프게 했지만, 씻겨 드릴 수 있는 엄마 아버지가 계시는 것에 무한한 감사를 느꼈기에 많이 힘든 몸도 잘 추스릴 수 있었다.

　주객이 바뀌는 시간이 그다지 길지 않았던 것 같아 더 씁쓸했던 내 마음. 훗날 내겐 누가 지금의 내 역할을 해 줄까나 하고 철 없는 생각도 슬쩍 들기도 했지만, 역시 현실이 중요하기에 지금의 내 본분에 최선을 다하겠다고 마음먹고 행복한 발걸음으로 가벼운 디딤질을 해 본다.

2016년 11월 4일

　나라 안팎으로 서슬이 시퍼런 칼날들이 온 나라를 뒤집고 있다. 잘못도 엄청 큰 대죄를 지었음에 틀림없다. 설마했지만 만만파로 퍼지는 파장은 걷잡을 수 없을 만큼의 골도 깊고 국민의 상처도 아물 수 없을 만큼 아픔으로 범벅이 되어 있다.

　그래서 엄마의 마음은 더 아프다. 엄청 많이 믿고 존경했기에 그 뒤에 오는 좌절과 실망은 나를 좌초하게 만들었다.

　많이 믿고 증오한다, 대통령을! 대통령이기에 하면 안 되고, 안 해야 할 짓을 너무도 많이 한 대역죄인이다. 그래서 대통령이 싫고 증오하지만, 인간 박근혜에겐 측은지심이 든다.

　부처님께서는 사랑할 원수가 없다고 하셨다. 누구나 다 사랑하시기 때문에. 죄는 미워하되 인간에겐 사랑으로 덮어 줄 수 있는 미덕도 있어야 인간의 본모습을 갖췄다고 할 수 있다.

　미워하는 마음이 너무 크면 아상이 생기는 역효과를 볼 수 있으니, 그럴 수밖에 없었던 인간 내면의 나약성을 조금은 배제해 주었으면 한다. 오늘도 마음이 어두운 날이다.

2016년 11월 6일

깊어가는 가을색이 너무 그리워 찾아간 칠갑산 장곡사. 오색 찬란한 색도 내놓기 모자라 쪽빛이 빚어낸 신비한 하늘에 그려진 멋들어진 구름들이여, 내 오늘 그대들을 만나고 보았노라.

가을이 빚어낸 아련한 향내음도 맡았소이다.

이젠 미련없이 보낼 수 있는 가을이여, 다시 또 만나서 환성을 지를 수 있는 그 오묘한 색깔의 빛을 다시 보내 주소서.

그때까지 내 건강하고 따사롭고 행복한 몸과 마음으로 그대를 기다리겠나이다.

가을이여, 이젠 그대를 보내 주리다.

아쉬움은 꿈속에 쏙 넣어 두고, 너무도 행복한 가을빛도 가슴 속에 쏙 묻어 두리다.

그리울 땐 살짝 꺼내 보겠소, 그대를.

2016년 11월 12일

고즈넉한 토요일 오후, 어제 내린 가을비로 촉촉해진 고운 은행잎을 밟으며 조계사길 인사동을 걸었다. 가을을 만끽하고 있는 나를 비웃듯이 요란스런 스피커와 시뻘건 깃발과 뒤엉킨 인파들에게 신호등은 무용지물이었다.

그냥 보신각 사거리를 횡단하며 좌충우돌 마구 걸어도 괜찮아진 서울 한복판을 걷고 있었다. 한 나라의 수장인 나라님의 엄청난 과오로 빚어진 이 일을 어찌해야 좋을까?

비통한 마음이 몸을 옥죄어 오면서 가슴에선 눈물이 났다. 그토록 믿고 존경까지 했는데 '비통'이란 단어가 이렇게 적절하게 쓰일 줄은 몰랐다.

이제 이 나라는 누가 어디로 어떻게 끌고 가야 하나. 답답하고 한심하고 이 난국을 어찌해야 할지 앞이 캄캄하다.

제발 길을 알려 주십시오, 이 나라가 가야 할 길을.

힘들게 여기까지 달려온 국민들이 가엾고 불쌍하지 않습니까?

존재하는 모든 신앙님들의 최고봉이신 님들이여, 이 나라를 구하고 도와주소서, 비탄에 빠진 백성들을.

가을이 나를 눈물짓게 할 줄이야.

엄마 마음

2016년 11월 23일

　가을이 간다네요. 머문 흔적도 많은 고 예쁜 것들을 두고 어찌 간다고 나서는지요.

　그런데 겨울이 얼굴을 살짝살짝 내밀고 있으니 비켜 주지 않을 재간도 없을 거예요.

　여름에 폭풍우가 몰아치는 까닭은 더 풍요로운 가을을 맞기 위함이요, 가을이 호사스럽고 화려한 예쁜 색들을 선물해 주는 까닭은 앞으로 다가올 삭막한 추위를 잘 견디라는 위로의 애교요, 겨울에 폭설이 내리는 까닭은 더 아름다운 봄을 맞이하기 위함이라면 보내야지요, 가을을.

　마음 하나에 온 천지를 좌지우지할 수 있는 우리네 인간은 대단한 위력을 가지고 있기에 마음자락 하나에 이루어지지 않는 것은 하나도 없습니다. 내 마음의 주인은 나이기에.

　동장군의 발걸음은 점점 빨라지겠지만 봄이면 볼 수 있는 새싹과 예쁜 꽃들을 보기 위해선 동장군의 엄포도 포근히 감쌀 수 있답니다.

　어서 가시고, 어서 오시오. 난 그대를 보내고 또 다가올 그대를 맞이하리다. 그게 인생의 굴레입니다.

오로라의 찬란하고 황홀한 빛발도 아니고, 여명의 불타오르는 찬연한 불빛도 아닌 촛불 집회의 불빛은 희망도 사랑도 영혼도 없는 무리꾼들의 군무로만 보여질 뿐….

진심은 사랑을 통해서만 이루어지는 법이거늘, 수많은 촛불 속의 미움과 증오와 불신의 불빛보다 측은지심이 묻어나는 긍정의 아이콘으로 밝혀지는 불빛이 그립다.

성급하게 급조된 난무보다 조금은 느리더라도 누군가의 마음도 읽어 주는 배려엔 더 큰 소득과 희망이 솟아오를 수도 있는 일이기에, 철없이 켜져대는 촛불의 군무는 이제 그만두길 바라는 마음뿐이오.

지금까지 버텨 온 기적은, 또 그 기적을 만들며 살아갈 큰 길도 될 수 있으니 조금만 기다리시죠, 촛불 시위님들.

그러잖아도 어지러운 세상, 한숨 좀 쉬고 갑시다.

그리고 각자 자신들도 돌아보시게나요, 촛불님들이여.

2016년 12월 6일

12월 마지막 캘린더, 또 한 살의 나이가 주어질 것이다.

그런데 난 편하게 받을 수 있는 숫자 더하기가 서글프지만은 않다. 사춘기와 젊음의 시절도 가져봤고, 사추기와 갱년기의 울타리도 다 넘어 본 지금과 요즘이 참 좋다.

나이 먹었기에 누릴 수 있는 많은 것들도 있지만, 남에게도 여유를 줄 수 있는 배려하는 마음과 사랑을 줄 수 있는 예쁜 마음도 쏙쏙 싹이 올라 더욱더 사랑의 무게가 나가니 이것도 좋은 일이 아니던가.

할머니가 될 수 있음도 나이가 주는 행복이거늘, 나이듬이 싫지만은 않은 지금의 내가 좋다.

그래서 한 장 남은 12라는 숫자가 밉지만은 않다. 그렇다고 정다운 숫자는 아니지만 살아온 연륜으로 여유롭게 맞을 수 있는 지금이 나는 좋다. 행복은 내가 행복하기로 마음먹은 만큼만 행복하단다. 그래서 나는 그 행복의 울타리를 소중하게 가꾸기 위해 마음의 지혜를 매일 키워 둔다.

밝아오는 아침 어딘가엔 기적이 숨어 있듯이 새로운 하루하루는 새 출발을 알리는 큰 기쁨과 행복을 만들어 주는 황금알이 되었으면 좋겠다.

2016년 12월 21일

한 해가 저물고 새해가 밝아온다는 동짓날. 일 년이라는 시간이 또 넘어가려고 한다. 꽉 붙잡는다고 꼭 끌어안는다고 머물러 줄 세월도 아니건만 앙탈이라도 부려 꼬리라도 잡아 보고 싶다.

아쉬움과 아련함이 많이 섞여 있었던 2016년은 미련이 많다. 뜻밖에 이루어진 쾌거도 있지만 계획했던 많은 일들을 놓치기도 했구나. 무턱대고 받아야 하는 세월의 숫자가 이제는 무서운 빚 장으로 다가온다.

잘 채워야 하는데, 잘 거느려야 하는데, 잘 보내야 하는데, 나에게 주어진 올해라는 여행을 설레는 마음으로 떠났었지만 만족을 느끼기보다 갈증만을 놓고 간다. 다시 떠오를 2017년 새해 붉은 태양을 미소로 반겨 보련다.

그리고 미련없이 꽉 채울 멋진 인생이 되길 마음의 심지에다 불을 당겨 본다. 내년 동짓날엔 오늘보다 더 알차고 멋진 나를 만들다 보면, 아주 맛난 동지 팥죽을 먹을 수 있지 않을까.

모든 액운은 다 물러가고 좋은 일, 행복한 일들만 용솟음치는 새해가 되길 모두에게 기원한다.

엄마 마음

2016년 12월 23일

　어수선함이 극치를 이루는 나라 정세나 겨울비도 아니고 겨울눈도 아니면서 찌푸릴 대로 찌푸리고 있는 오늘 날씨는 체념한 듯한 어느 아낙의 고통을 호소하는 비감함이 묻어 있는 얼굴 표정이다.

　그래서 내 마음도 어둠이 깔린 쉼표 같다. 그림 숙제 마치고 7080에서 흘러나오는 추억의 노래가 오늘따라 가슴을 때린다. 예전에는 귓가로 흘렸던 '그 겨울의 찻집' 노래 가사가 오늘은 어쩐지 내 마음을 빼앗고 있구나.

　"아아, 웃고 있어도 눈물이 난다. 그대 나의 사랑아~"

　그래서 착 가라앉는 내 마음은 현실을 망각하고 먼 과거로 한참 여행을 하길래 그냥 내버려두었다. 가끔은 나도 그러고 싶다. 내 마음 나도 모르게 흘러가도록 내버려두면 어디까지 갈지 보고 싶다. 오늘 날씨가 딱 나를 그렇게 만들고 있구나.

　아들아, 이번 영국행이 즐겁고 보람 있는 올해의 최고 선물이 되었으면 한다. 오랜만에 다시 갔으니 멋진 추억을 더듬고 행복을 만끽하는 최고의 영국을 만나고 오길 바란다.

　건강한 한 페이지의 추억을 더하고 오길 엄마는 서울에서 기도할게, 나의 사랑 아들아….

2017

꽃다운 마음은 일생을 지지 않는 백년의 꽃으로 백년의 향기를 내뿜는 마음꽃 한 송이로 핀다오. 그 한 송이의 마음꽃은 내 마음에 희망과 꿈과 그리움과 사랑을 뿜어 주며 행복을 만들어 준다. 올봄에도 산천을 뒤덮을 꽃잔치는 얼마나 애틋한 흥분과 행복을 줄까나. 봄은 봄답게 아름다움을 선물하고, 삶의 쉼이 될 수 있도록 행복의 꽃방석이나 많이 만들어 주거나. 인생의 흐름도 계절의 흐름만큼 순조로이 잘 이루어지도록. 이 봄도 행복이 소담하게 쌓이는 그런 봄날이 되소서.

 2017년 1월 4일

2017년 새해도 어김없이 흘러가고 있다. 붙잡을 수도 가로막을 수도 없는 역동의 시간은 그냥 덧없이 사라지고 있다. 그 시간들을 행복의 넝쿨다발로 만들고 그 넝쿨을 더욱더 굴려서 큰 행복의 집을 만들고 싶다.

올해는 맘껏 더 크고 신나게 굴려 보리라. 작은 기쁨도 큰 기쁨으로 만들어 느끼고, 큰 고통은 작은 모래알만큼 생각해서 지워버리고, 생각의 굴레를 희망과 긍정으로 가끔은 쉼표도 찍어 주며 배려와 여유 속에서 행복의 단어를 만들어 보리라.

결과에 목매지 않고 과정을 충실히 엮고 나가려고 한다. 한땀한땀이 큰 보폭을 만들어 내듯 그런 마음으로 올해를 채우려 한다. 후회가 없을 수는 없지만 최소한 줄일 수 있는 후회의 연결고리도 내 삶에선 머물지 않도록 노력하리다.

행복은 내가 만든 크기 만큼만 차지하고 맛볼 수 있기에, 행복의 크기도 새해엔 크게 잡아 보리라. 얼마만큼 커지고 작아질지도 내 몫의 충실도이기에 노력해야지.

새해에 혼자 잡아 본 내 인생 설계도는 실천이 최선이기에 지켜내려면 건강도 잘 챙기며 송골매의 눈으로 감시도 받고 싶다. 내 삶을 빛나게 하기 위해서.

엄마 마음

작년 생일 기도 땐 올해가 홀로 지내는 마지막 생일이 될 거라고 기도했고, 내년엔 아내가 끓여 주는 생일상을 받으리라 꼭 믿고 기도했는데, 아들은 엄마 기도를 받아주지 않았네.

함께 보내 준 일 년도 엄마는 좋았고 행복했지만 그건 엄마의 욕심일 뿐, 아들을 생각하고 진정으로 사랑하는 엄마라면 아들의 길로 빨리 들어설 수 있도록 독려하는 것만이 부모의 제일 큰 몫이란다.

한 집에서 같이 지낼 수 있고 내 품에 있는 아들이야말로 행복 중에 제일 큰 행복이지만 인생길이란, 삶이란 그것만을 추구할 수 없는 것이기에 엄마는 매일 아들에게 추궁 아닌 독설로 마음에도 없는 말을 할 수밖에 없었단다.

그게 부모야. 내 품에서 뺏기기 싫은 게 부모인데 세상의 진리와 이치가 그러하기에. 아들아, 엄마의 진심은 이거였는데 아들은 많이 오해했었지? 진짜로 내년엔 사랑하는 아내와 둘이 맞이할 수 있는 행복한 생일날이 되길 부처님께 약속하자. 아들의 행복을 진심으로 바라는 엄마의 소원 꼭 이루어 주려무나.

아들, 너무너무 많이많이 사랑한다.

아들 생일날 엄마 마음을 쓴 글

2017년 1월 21일

　매년 겪는 겨울 풍경이지만 눈이 수북이 쌓여야 겨울이 아니던 가. 그럴듯한 눈이 어제는 제법 내려주었구나. 늘 우리 아들 생일 때는 추위가 절정을 이루는 시기였기에 오늘도 많이 춥구나.

　양력 생일이긴 하지만 오늘 아들의 생일 최고로 멋지게 축하한 다. 멋지고 최고의 아들이 될 거라 키우면서도 감지했거늘, 진짜 로 마음먹은 대로 잘 자라준 우리 아들, 많이 사랑한다.

　뒤끝도 없이 화내는 일도 없이 엄마 마음 잘 헤아려 주고 편하 게 해 주는 우리 아들, 고맙고 사랑한다.

　인생이라는 여행길에서도 막힘 없는 큰 햇살만이 아들 앞을 비 쳐 줄 거라 확신한다.

　엄마 아빠 마음 잘 이해해 주고 사회에서도 큰 역할 멋지게 소 화해 내고 있는 우리 아들, 엄마 기도가 모자람 없이 최선을 다해 줄게.

　엄마의 기도는 하늘에 닿아 아들에겐 천상의 행운이 꼭 닿을 거라 믿는다. 아들의 멋진 앞날에 큰 빛과 행운이 가득하길 바라 며, 부처님께 감사함을 전한다.

엄마 마음

2017년 1월 27일

내일은 음력으로 맞는 새해 첫날이다. 양력도 음력도 다 지나가는 내일은 2017년 1월 1일. 욕심을 버리고, 미움을 버리고, 노여움을 버리고, 사랑과 배려와 이해만을 내 마음에 꽃피우고 싶은 정유년을 만들고 싶다.

생각만이 아닌 실천으로 밀어붙여서 꼭 이뤄 내고 싶은 야망도 가져본다. 그렇게 2017년을 장식하면서 멋지고 알차고 실속 있는 여유를 즐기고 싶다.

마음 하나에 모든 것이 달려 있기에 난 내 마음의 주인이 되고 싶다. 만족감이 내 마음의 주인 노릇을 하면 내 얼굴은 항상 기쁨의 꽃, 행복의 꽃으로 피어 있지 않을까 꿈꿔 보며 실천에 돌입하려 한다.

나는 이 세상에 하나뿐인 귀한 보석이기에, 그 보석을 더 빛내고 화려하고 가치 있게 만들고 싶다.

보석은 세월을 더 머금으로써 빛이 나고 가치의 존재를 더욱더 높여 주는 희소성이 있다. 난 그런 존재로 나이 들어가고 싶다. 몇 시간 안 남은 음력 새해를 맞이하기 전, 자신과의 은밀한 약속을 하고 싶어 이 글을 쓴다.

난 내 인생의 멋진 그림을 연출하고 그리는 화가가 되련다.

 2017년 2월 8일

자신의 가치를 잘 발휘하는 사람이 가장 자기 인생을 아름답게 사는 사람이다. 게으름 없이 역동적으로 능력을 발휘하며 작품에 심취하는 모습이 난 많이 부럽다.

시간과 세월이 무섭게 덤벼와도 하루하루를 때우지 않고 멋지게 누리며 자신의 세계를 의연하게 추구해 나가는 송천회 회원님들께 난 매혹의 눈을 멈출 수가 없다.

그리고 그 멋진 추진력과 소질을 따라해 보고 싶다.

큰 소질 없이 덤벼든 내 모습을 객관적으로 바라보면 두려움이 없는 용기일 뿐. 꿈을 향한 나의 불빛은 긍정과 희망을 머금은 행복의 아이콘들이다.

송천회 회원님들이 자신의 가치를 승화시키는 모습은 너무도 아름답고 숭고하다.

엄마 마음

추운 겨울 다 지나고 꽃망울은 언제 얼굴 내밀어야 하나, 고심하고 있는 심술궂은 요즘의 날씨다.

겨울아, 그동안 자리 보존 잘 했으면 봄과 밀당 오래하지 말고 고운 마음으로 살짝 넘겨 주시게나. 서로 밀당으로 꽃망울은 눈치보느라 꽃멍이 들 수 있으니 얌전하게 넘겨 주시게.

꽃다운 마음은 일생을 지지 않는 백년의 꽃으로 백년의 향기를 내뿜는 마음꽃 한 송이로 핀다오.

그 한 송이의 마음꽃은 내 마음에 희망과 꿈과 그리움과 사랑을 뿜어 주며 행복을 만들어 준다.

올봄에도 산천을 뒤덮을 꽃잔치는 얼마나 애틋한 흥분과 행복을 줄까나.

봄은 봄답게 아름다움을 선물하고, 삶의 쉼이 될 수 있도록 행복의 꽃방석이나 많이 만들어 주게나.

인생의 흐름도 계절의 흐름만큼 순조로이 잘 이루어지도록.

이 봄도 행복이 소담하게 쌓이는 그런 봄날이 되소서.

 2017년 3월 12일

폭설이 내리는 까닭은 더 아름다운 봄을 맞기 위함이요, 폭풍우가 몰아치는 까닭은 더 풍요로운 가을을 맞기 위함이요, 어둠이 짙어만 가는 까닭은 더 찬란한 아침을 맞이하기 위함이요, 슬픔이 깊어가는 까닭은 더 큰 기쁨을 낳기 위함이요, 미움이 극에 달한 까닭은 더 큰 사랑을 꽃피우기 위함이라면, 요즘의 극도로 어지러운 시국은 무엇을 만들어 내기 위함인가?

매일매일 쏟아내는 천둥 번개 같은 뉴스는 무엇을 낳기 위함인가. 정신없이 돌아치는 요즘의 촛불시위는 또 무엇을 어떻게 어디로 가려고 나대는 것인가.

이런 시국이 한탄스러울 뿐이고, 아무 보탬이 안 되는 것이 죄스러울 따름일 땐 어찌해야 하나. 두 손 놓고 두 귀 닫고 두 눈 감고 모르쇠 하면 되는 건가. 답답한 마음 속으로 삭히자니 가슴에 슬픔이 몰아치고 있다.

춘삼월 찬바람이 이렇게 인정없이 매몰찼던가. 봄을 기쁜 마음으로 기다렸지만 기억하기도 싫은 역사의 흐름으로 빨리 흘려 보내고 싶다. 요즘 시국도 빠른 물결 속으로 몽땅 던져 버리고 싶은 마음뿐이다.

엄마 마음

2017년 3월 15일

봄날의 하루는 왜 이리 짧을까! 붓자루를 들고 몇 번 왔다 갔다 했을 뿐인데 벌써 해는 오후로 기울고 있다니….

날마다 집에서 붓놀이만 하고 있어도 행복해하는 내 자신이 참으로 기이하게 느껴질 때가 참 많다.

이런 분위기에 기분이 언제까지 가려는지는 몰라도, 지루하지 않게 잘 지내고 있는 요즘의 엄마가 참 대견하게 느껴질 때가 많구나.

지금쯤이면 지루하고 식상할 때도 되었건만, 여전히 행복한 분위기 속에서 하루해가 너무 짧다고 시계바늘을 잡고 싶을 때가 있으니 말이다.

가끔은 변함 없이 외곬인 엄마 성격을 사랑하고 좋아할 때가 있단다. 하나하나 멋을 내고 색감을 내뿜고 있는 그림을 보면 멈출 수 없는 손길에 사랑을 담는단다.

그리고 이왕이면 긍정적이고 좋은 생각으로 내 마음을 유도해 즐거움을 연출하면 행복은 걷잡을 수 없이 내 가슴으로 흘러들어 온단다. 그럼 저녁엔 고단함이 물밀듯 밀려와 8시 뉴스도 제대로 못 보고 깊은 수면에 빠져드는 게 요즘의 엄마 모습이다.

이런 모습과 생활로 60대를 보낼 수 있다는 건 얼마나 축복받은 인생인지를 매일 감사함으로 보낸다.

물론 눈의 피로나 몸의 피로가 없을 수는 없지만 그만한 대가 없이 얻어지는 건 이 세상 어디에도 없기에 감수하련다.

유난히 남의 일로 마음의 상처와 아픔을 많이 겪고 있는 나에겐 상처 치료에도 한몫을 한다.

아들도 엄마 많이 응원해 주고 격려해 주세요!

혹시 마음의 상처가 너무 깊어 헤어나지 못하고 허덕이거나 친정 부모님 때문에 마음 아파할 땐 기댈 수 있는 든든한 언덕이 되어 주는 나의 아들은 분명 부처님께서 보내 주신 나의 수호신이어라.

할머니 할아버지 건강이 더 나아지실 일은 없겠고 지금만 같아도 좋으리. 늘 부처님 품안에서 행복을 누리고 있음을 감사하며 기도하리라.

상큼하고 발랄한 봄은 오고 있지만 내 마음의 봄은 두렵다.

또 그냥 가려나? 작년에도 올해도 내년에도 나에게 봄은 올해의 첫 시작이며 나만이 애타게 기다리는 봄소식이 있다.

봄을 넘기면 한 해를 다 넘기는 것과 같아서 마음 졸여가며 기다리기에, 봄의 하루는 다른 계절의 한 달과 같다.

이 마음의 간절함을 아는지 모르는지 또 그냥 보낼 것만 같아 어디다 호소할 때도 없어 가슴만 쥐어뜯고 있다. 속시원함도, 상큼한 답변도 모두 묵살당하고 있는 게 나만의 봄이다.

봄바람도 빼꼼히 얼굴 내밀 채비를 하는 꽃망울도 다 보기 싫은 게 올봄인 것 같다.

4월은 잔인한 달이라 하지 않았나! 며칠 안 남은 4월의 잔인함을 어찌 겪으며 지내야 할까.

기다림에도 약이 오르고 이젠 독이 올라올 것 같아 무섭다.

머지않아 퍼질 독기운을 어찌 감당하리오.

자신 없으니 그러기 전에 나를 먼저 구해 주소서, 간절하게 부탁하오이다.

 2017년 4월 12일

자식은 희망, 손주는 사랑이란다. 기가 막히게 잘 표현한 손주의 사랑을 난 요즘 절절히 느끼며 올 한 해 최고의 단꿈을 맛보고 있다. 사랑의 무게와 부피는 엄청나게 커지고 있지만, 난 점점 사랑의 맛보기가 힘에 부친다.

앞으론 점점 더 깊어질 손주의 사랑이 내가 지켜야 할 체력에 반비례로 될 것이 조금은 겁난다. 금방 지나가는 청춘보다 노년의 오솔길이 더 황홀하고 아름답다고 하던데….

나도 기쁨이 만발하는 노년의 오솔길을 멋지게 살고 싶다. 또 일 년이 지나야만 손주들의 멋진 모습을 볼 수 있다니, 마음이 아프다.

내년이라는 시간을 보지 말고 지금 내 곁에 있는 손주들과 딸에게 최선을 다하고 싶다. 그래서 힘과 에너지가 펑펑 쏟아지는 체력을 갖고 싶다.

아들이 뉴욕 식구들에게 사랑을 듬뿍 주고 있는 멋진 모습이 자랑스럽고 아름답게 보이는구나. 아들, 많이 사랑한다.

엄마 마음

2017년 4일 21일

봄날은 간다. 연분홍 꽃분홍 저고리에 연둣빛 치마색이 바래져 가며 봄날은 간다.

봄바람 변덕에 봄맛도 제대로 못 느꼈는데, 봄날은 벌써 갈 채비를 서두르고 있단다.

화려하게 등장했던 이 꽃 저 꽃들이 숨바꼭질을 하고 있다.

겨울 찬서리를 잘 견뎌 낸 보상으로 피어난 봄꽃들의 잔치가 끝나간다고 하네요. 붙잡는다고 내려앉을 봄도 아니고, 내년엔 더 화사한 연분홍 꽃분홍으로 찾아오길….

그러면 한 살 더 먹은 내 봄을 반갑게 버선발로 맞아 주리다.

 2017년 5월 5일

스리랑카 그대여, 많이 죄스럽고 미안했소이다. 맑은 향기로움과 때문지 않은 그대의 자태를 편견으로 둘러싸고 있었음이 많이 미안했소이다. 큰 아픔을 많이 겪었던 그 긴 세월을 그대는 잘 견디며 세월을 잘 채우고 쌓아왔음에 찬사를 보내고 싶소이다.

난 그대를 하찮게 생각했던 모든 편견의 대가로 그대를 다시 찾아가 살포시 안아 주고 싶소이다.

금방 지나가는 청춘보다 노년을 천천히 즐기면서 살고 싶은 그대를 만났음이 이번 여행길에 큰 행복이었고, 노년의 오솔길을 더 황홀하게 만들 수 있었던 여행자의 기쁨이었소.

하찮게 여겼던 그대에게 많이 부끄러웠소이다.

먼 아련한 날에 떨어지는 석양 노을의 아름다움에 혼을 빼앗겼던 그 기억을 놓지 않고 잡고 있으리라. 질곡의 터널이 너무 많았던 그 세월을 어찌 견뎌 내며 그 아름다움을 지켜냈소이까?

경이로움에 여행자는 행복에 찬 미소로 그대를 다시 생각하고 있소이다. 그대는 이미 나에겐 고맙고 아름다운 존재로 채움의 미학을 만들어 주었소이다.

그대를 잘 돌아보고 더듬고 안아 주고 돌아온 여행자는 기쁨의 글을 쓰고 있소이다. 미안함이 한가득인 그대여, 고맙소이다.

엄마 마음

 2017년 5월 6일

한 지구 안에서도 아롱이 다롱이 각기 다른 인종이 서로 다른 모습과 환경 속에서 부대끼며 살아가는 모습을 새롭고 흥미롭게 볼 수 있는 것이 여행의 별미라면 별미 아닐까.

그 모습이 보고 싶어 먼길 마다 않고 매번 여행 가방을 챙기는 내 모습이 엄마는 참 좋다.

그래서 아들이 떠나는 여행길도 좋아 보이고 행복해 보인다.

아들은 엄마보다도 더 멋과 맛을 아는 여행 마니아인 것이 참 좋다.

떠나서 보고 싶은 곳이 그곳에 있기에 힘든 일정, 지친 몸 이끌고 어설픈 음식 먹어가며 섭렵하고 돌아온 그 기분이야말로 지구의 어느 한 곳에 획을 그은 자긍심에 또 짐을 싸게 만들더구나.

이번 여행길에서도 안목과 식견이 한치 더 높아진 멋진 모습으로 오길 바란다. 늘 건강과 함께~

2017년 5월 13일

　가슴 저리게 아픈 눈으로 내 엄마인 할머니를 보고 있으려니 마음이 너무 아리다. 하루가 다르게 변해 가는 내 엄마의 모습은 차라리 꿈이길 바라며 눈을 돌린다. 지금 상황에서 더 많은 욕심은 부리지 않겠소이다.

　내 엄마 앞자리 나이에 9라는 숫자가 달릴 때까지만 건강을 허락해 달라는 것이 요즘 엄마의 간곡한 발원이 되었다.

　제 발원을 들어주실 관세음보살님, 간절한 저의 기도를 들어주시고 내 엄마의 건강을 지금만큼만 계속 이어주신다면 더 이상의 욕심은 부리지 않겠습니다.

　부모님께 받은 그 많은 사랑과 헌신을 되돌려 드릴 수 있는 시간을 주십시오. 효도가 아닌 최소한의 받은 사랑만이라도 베풀 수 있는 시간을 꼭 받고 싶습니다.

　허락할 수 있는 한 최대로 큰 마음의 문을 열어 최대한의 사랑과 헌신에 보답할 수 있는 기회를 후회하지 않도록 최선을 다해 보겠습니다.

　'이런 딸의 마음 잘 헤아려 주십시오'가 요즘 엄마의 마음이란다. 꼭 이루어지길 바라며 이 글을 쓴다, 아들아.

엄마 마음

재너머엔 무슨 좋은 소식이 있을까. 내 엄마 아버지 회복된 기쁜 모습 볼 수 있다는 전달이라도 들을까나.

매일매일 나약해져 가는 모습이 내 가슴을 저미게 하건만, 난 아무것도 할 수가 없어 너무 슬프다. 이대로 보내 드린다면 난 숨조차 쉴 수 없는 공허함에 짓눌릴 것만 같다.

엄마 아버지, 조금만 더 기운 내시고 정신줄 놓지 마시고 세월과 함께 줄타기라도 시원스레 해 봅시다.

붙잡는다고 붙잡아질 엄마 명줄은 아니건만, 꽉 붙잡고 이를 악물고 놓지 않으리, 놓지 않으리.

아직 엄마 아버지께 해 드릴 일이 많이 남았으니 서둘지 마시고 천천히 옷고름 매셔도 되는데요.

아주 천천히, 아주 천천히 두 분 모습 더 볼 수 있는 그런 날만 오시게나.

2017년 5월 29일

어지러이 널려 있는 탁자 위엔 비닐에 싸여 있는 상추와 오이가, 통째 올라와 있는 고추장에, 돼지족발과 그리고 와인이 뒤섞여 있다. 뭔가 먹고 싶은데 딱히 구미에 당기는 게 없어서 나열해 봤다.

그렇다고 살이 빠질 것도 아니지만 그냥 먹었다, 맛이 아닌 끼니로. 오늘이 며칠인지도 관심이 없다. 그런데 요일은 확실히 기억한다. 요일에 맞춰 살아온 지도 꽤 되었음을 이제야 실감했다. 계절 감각보다 요일 감각에 더 민감한 것도 재미있다.

그래도 감사해야지, 좋아하는 그림이 있어 순간순간 행복을 느끼는 것으로. 감사함이란 현재 누리는 삶을 지키며 고마워하는 게 아니고 현재 가지고 있는 것을 잘 돌보고 지키는 마음이 감사라고 한다. 세월은 흐르는 것이 아니라 채워 나가는 것, 쌓이는 것이라 하는데, 지워지는 거라면 얼마나 좋을까?

잘못한 기억은 다 지워 버리고 싶다, 특히 부모님께는. 좋은 기억만을 추억하는 자식이고 싶다.

아직은 기회가 있어서 가슴 쓸어내리며 하루하루를 보낸다. 그런데 뭐가 잘하는 건지, 후회하지 않을는지, 혼돈된 머리는 정돈이 안 된다. 오늘은 쉬면서 에너지를 충전하고 싶다.

엄마 마음

 2017년 6월 7일

　말로만 듣던 시베리아 벌판에서 나는 느림의 미학이 이렇게 아름다울 수가 있을까를 감미롭게 체험하고 있다.

　빠르게만 돌아가는 세상의 이치가 그저 밉기만 했는데, 비웃기라도 하듯 느림의 철학을 확실하게 보여 준 시베리아 열차에서 난 크나큰 힐링의 선물을 받았다.

　지나간 바쁜 세월의 보상을 황송하게 받아가는 여행길이 참 고맙고, 아름다운 추억 더하기가 나를 행복한 존재로 만들었다.

　선택한 여행길이 느림을 일깨워 주는 터닝포인트가 되어 준다면, 이번 여행길의 흐름은 나를 많이 흔들어 줄 것임을 기대한다.

　느림의 미학, 채움에 목말랐음을 치유해 주고 있는 지금 이 순간을 만끽하며, 지금 나는 사막과 벌판을 기어간다.

 2017년 6월 17일

나에게 주어진 지금 이 상황이 차라리 꿈이길 간절히 바라며 하루하루를 보낸다. 낳아 주셔서 고마웠고, 예쁘게 힘들여 키워 주셔서 고마웠고, 딸 시집 보내 놓고 한시름도 놔 본 적 없이 자식을 걱정해 주며 손주들을 챙기시던 내 엄마가 지금 생사의 갈림길에서 고통의 악마와 맞서 발버둥치시는 참혹사를 자식인 나는 매일 보고 있다.

지옥이 바로 이런 것일까, 내 엄마가 이승에서 버티시는 그 모습을 보고 있는 것. 불과 몇 달 전만 해도 우아하셨던 그 모습, 그 자태는 어디로 가셨는가.

이대로 보내 드릴 수는 없습니다. 꼭 해 드려야 할 그 효도는 누구에게 해야 합니까. 엄마의 향취나 모습이 보고 싶고 어루만지고 싶을 땐 또 어찌해야 합니까?

아직 보내 드려야 할 마음 자세가 전 하나도 안 되어 있습니다.

개똥밭에 굴러도 이승이 좋다고 합니다. 엄마, 울엄마! 꽃방석 12단에, 비단길 꽃웃음이 만발하는 꽃밭에서만 노닐게 해 드릴테니 제발 이승에서 떠나지만 말아 주세요.

간절하고 간절하게 비옵니다. 큰딸의 마음 더 아프지 않게 울엄마 다시 한 번 기적을 만들어 주세요. 엄마, 많이 사랑합니다.

엄마 마음

마음이 아프니 눈이 아프다. 눈이 아프니 전신의 아픔이 품속으로 들어온다. 이 아픔이 아픔으로 오지 않는 그날을 난 기다리지 않을 테다.

그날이 오면 내 엄마가 내 기억에서 떠날 것이 두려워서 난 그 아픔과 늘 함께하고 있을 테다. 내 마음에다 엄마를 그리면 그리움이 올라올 테니까.

마음에다 늘 그릴 테다, 내 엄마를.

어느 날 갑자기 없어진 엄마의 모습이, 목소리가 많이 그립다. 어찌하면 그날이 다시 올까나. 딸이 어떤 요술을 부리면, 엄마 모습을 먼 발치에서라도 볼 수 있을까?

유난히 그리움의 슬픔이 밀려오는 아침이었다. 아들에게 보여주고 싶지 않은 모습, 소리 없는 눈물로 대신했지만 속으로 떨릴 만큼 슬프게 울었다.

아들도 먼 훗날 엄마에 대한 그리움을 이만큼 크게 느낄 날이 있을까? 미안함과 후회가 밀려오는 오늘, 엄마의 추억이 더 애잔하게 그리움으로 남는다.

편히 쉬시면서 꽃길만 걸으세요, 울엄마.

 2017년 7월 7일

몸과 마음을 시시때때로 비워 두는 것이 이런 걸까?

이해관계 없이 묶인 사람끼리 사심 없이 웃으며 즐길 수 있다는 것이. 그러나 대화가 되는 울타리가 힐링의 기본임을 이번 여행에서 체험했다면 성공적인 여행이었다고 생각했단다, 아들아.

짧은 시간이었지만 힐링을 맛볼 수 있어서 순간순간 텅빈 머릿속을 확인하고 후련함도 느낄 수 있어서 만족스러운 여행길이 되었구나.

여기 와서 보니 엄마가 그동안 몸과 마음이 부대낌 속에서 많이 힘들었음을 알고 자신이 많이 안쓰럽더구나. 나만이 짊어질 많은 숙제들은 언제나 풀리려나.

오늘 나는 다시 그 속으로 들어간다. 엄마에게 지혜와 힘과 인내를 주십사고 부처님께 기도한다.

이따 집에서 보자.

엄마 마음

2017년 7월 14일

예전엔 그저 그렇게 보이던 옷들이 이젠 못박히듯 눈에 들어온다. 늘, 아님 평생 즐겨 입으셨던 내 엄마의 옷 색깔과 취향들이. 이젠 살 수 없는, 사도 입을 사람이 없어 접어야 하는 내 마음이 마냥 슬프다.

그냥 보고 지나칠 수도 있는 그 옷들이 이젠 눈에 밟힌다.

언제쯤이면 슬픈 마음 없이 내 엄마 색을 바라볼 수 있을까?

내색 없이 힘들 때가 많이 있다. 그런 날들은 가만히 있어도 눈물이 뺨을 타고 내려온다.

이제 내일이면 엄마의 네 번째 제를 지내는 날이다. 그럼 훌쩍 한 달이 된다는 얘긴데, 내 마음은 아직도 그대로 머물러 있으려고 한다. 그때 그대로 보내고 싶지 않았던 그때에서 난 그냥 머물고 싶다.

그리운 내 엄마, 보고 싶은 내 엄마, 어딜 가면 볼 수 있을까요!

2017년 7월 18일

아침에 따뜻한 라떼 한 잔의 풍미가 오늘도 행복을 선물할 것이다. 늘 허공에라도 농사를 짓겠다는 마음은, 아름다움이 내 육신과 정신을 꽃피우게 할 거름과 밑받침이 된다.

그렇게라도 내 마음을 내가 정복할 수 있다면 내 마음은 최고의 친구로 나에게 남겨지는 행운을 선물받는다.

폭우가 제멋대로 쏟아지는 요즘엔 내 마음을 꽉 잡을 수 있는 마음공부가 큰 효력이 있어 그런대로 잘 버티고 있고 마음의 등불도 켜본다.

현재 누리고 있는 삶에 감사함을 느끼고 고마움도 표할 수 있는 그런 날이, 늘 매일매일 오늘이 되길 바라며 아침을 시작한다.

나이가 든 이들의 오솔길은 마음자락에 따라 더 황홀하게 빛날 수 있기에, 그 오솔길을 만끽하면서 눅눅한 장마를 즐겨 보리라.

엄마 마음

 2017년 7월 24일

　이번 주말이면 여섯 번째 제를 지낸다. 엄마의 기억들을 꽉 붙잡으려 애쓰며 지금까지 버텨온 나를 더 채찍질한다. 잊을 수 없는 엄마의 향취가 내 몸에서 떠나는 것이 두렵기 때문이다.

　영원히 놓치고 싶지 않은 내 엄마의 채취를, 내 엄마의 모습을 가슴속 깊이 간직하며 보고플 때마다 꺼내 볼 수 있는 내 엄마로 승화시켜 보고 싶다.

　보고플 때마다 달려가 그리도 좋아하셨던 고운 색깔의 꽃송이 올려 드리고 많은 얘기도 할 것이다. 엄마께 가는 길목이 조금만 더 길눈이 익숙해지길 학수고대하고 있다.

　그러면 엄마도 큰딸 마중 나와 이야깃거리 풀어놓고 계실 것이다. 혼자 있는 날이면 어김없이 찾아와 주시는 엄마가 반갑지만 많이 슬프고, 많이 힘들다.

　좋은 곳에서 꽃길만 걸으시길 바라는 큰딸의 기도가 꼭 이루어지리라 믿는다.

2017년 8월 9일

입추는 언제쯤이나 제 역할을 할 수 있을까!

그런데 아들아, 엄마는 후딱 바뀌어 버리는 계절이 두렵단다. 내 엄마가 가신 뒤 계절이 바뀌는 것은 생각해 보지 않았거든. 그냥 지금 이대로라면, 엄마가 가신 지 얼마 안 된 것만 같아 견딜 수가 있는데, 계절이 자꾸만 변하면 더 우울하고 그리움이 커질 것 같아.

마지막으로 엄마께 최고의 선물로 극락왕생 49재를 해 드리면 평생을 두고 내가 나한테 칭찬을 아끼지 않을 거란 생각에 스스로 감사함을 표한다.

내 눈에 노인들이 예사로이 안 보이는 요즘이다. 저런 노인들도 계시는데 왜 울엄마는 벌써 가셔서 내 마음 슬프게 하시나 하고 한숨이 나와 깜짝깜짝 놀란다.

이젠 모든 걸 직시하고 지혜롭게 버텨 보려고 한다. 아직 아버지도 계시고 하니 그리움과 보고픔으로 에너지와 시간과 감정을 낭비할 때가 아니라고 본다.

그래서 정신 바짝 차리고 현실에 충실한 엄마가 되어야 할 것 같다. 가끔 힘들 때 아들이 많이 도와주었으면 고맙겠다.

아들, 부탁할게!

엄마 마음

기타 음률에 맞춰 부르는 '슬픈 심로' 노래 가사에 "뜨거운 마음으로 눈물을 적셔요, 슬픔을 적셔요"의 뜻은 과연 무엇을 말하고 싶었던 것일까? 옛 가수가 들려주는 기타 소리가 멋있어 잡고 있던 붓을 놓고 잠시 빠져 있었다.

흠칫 놀랐다. 나도 음률에 혼쭐을 놓을 수도 있다는 사실이. 아직은 감성이 남아 있음에 고마웠다.

외로움이 한 냥이면 그리움은 몇 냥이고 보고픔은 또 몇 냥이나 될까 생각해 보니, 세월은 셈을 치를 수 없을 만큼 무자비하게 달겨든다.

그렇게 잊고 잊히고 또 잊으며 세월은 덧없이 자꾸만 채워져 가나 보다. 무덥다던 아우성도 덧없이 물러날 것을, 무던히도 짜증내며 삼복더위 제대로 과시하더니 이젠 서서히 사라지려나 보다. 가끔 선선한 바람개비도 돌려주니 말이다.

어찌어찌하니 입추도 지나고 또 가을을 맞게 되겠지. 난 아직 준비된 게 아무것도 없는데.

삼복더위 그 아우성에서 아직도 난 붓만 잡고 멍하니 빠져나오지 못하고 있다. 이젠 허리춤 동여매고 심기일전하여 다가오는 가을은 활력 넘치는 패기로 맞으리라.

소소하게 불어대는 바람이 코끝을 상큼하게 해 주는구나. 죽어도 물러설 것 같지 않던 여름의 맹수도 서서히 자리 뜰 준비를 하는 걸 보면.

많은 것을 생각하게 했던 올여름이 두고두고 잊혀질 것은 아니건만, 그래도 가을은 기다려진다.

여름휴가로 다녀온 그곳에 다시 가기로 한 것도 손꼽아 볼 작정이다. 가을빛이 온 산천을 물들이는 장관은 여름을 보상하기 위한 잔치인 것처럼, 나도 여름을 보상받기 위한 여행을 딸이 만들어 준단다.

무더위에 힘들었을 엄마를 위한 보너스로 맘껏 즐기다 오면 또 가을은 나를 맞이해 주겠지.

인생은 바느질과 같이 한 땀씩 한 땀씩 건너뛰기 없이 메꾸어 가는 것과 같다.

인생도 계절도 건너뛸 수 없는 자연적인 것이기에 그냥 순응하면서 흐르는 물과 같이 사는 것이 제일 지혜롭고 자연스럽게 살아가는 방법임을 깨닫는 게 요즘의 나다.

 2017년 9월 13일

　손꼽아 마중물도 일찌감치 넣어 두었던 전시회도 이젠 끝났다. 아쉬움이 컸지만 행복함은 실타래만큼이나 길고 긴 여운을 남길 것 같다.

　9월이 주는 로맨틱한 달콤함은 상큼한 풋과일 향기만큼이나 풋풋하고 싱그럽다. 그래서 난 가을을 사랑하고 좋아한다.

　가을이 빚어 낸 모든 것엔 의미를 부여하며 다 사랑한다. 어릴 땐 뭘 안다고 가을을 짝사랑하며 기다렸을까나.

　지금 생각해도 나를 모르겠고 가을을 모르겠다.

　가을엔 일출 해오름의 멋과 맛도 다르고 기품도 다르다.

　일몰의 석양은 촐랑거림 없이 넘어가는 한폭의 수채화도 같으니 내 어찌 사랑하지 않을까.

　내 인생도 가을쯤 온 것 같아 난 너무 좋다.

　헐떡거리지 않고 바쁠 것도 없이 하루하루를 채워 나가는 가을 문턱에 서 있는 지금의 내가 좋다.

　계절이나 인생의 갈무리를 아름답고 멋지게 잘 표출하며 내 인생의 황혼도 그림같이 잘 표현하고 싶다.

 2017년 9월 23일

코끝을 살짝 스쳐가는 초가을 날씨가 마냥 상큼하다.

아들과 짧은 점심 데이트도 아주 멋졌고, 시장 구경도 아들과 함께여서 너무 좋았다.

가끔 아들은 나와 데이트도 해 주고, 멋진 곳에서 행복을 함께 먹을 수 있는 그런 기쁨을 선물한다.

나에겐 그런 아들이 있다. 흠잡을 데 없는 매력덩어리에게 난 많은 요구를 한다. 엄마의 욕심을 떠나 많은 이들에게 멋진 아들을 보이고 싶은 간절한 소망이 아들에겐 큰 걸림돌인 걸 난 안다.

하지만 그런 엄마의 요구는 먼 훗날 자신을 관리할 줄 아는 멋진 인생을 사는 데 큰 보탬이 될 거라 믿는다.

엄마가 곁에 없을 땐 그 잔소리가 많이 그립고, 세상살이에 큰 주춧돌이 되리라 생각한다.

늘 엄마 잘 챙기고 많이 생각해 주고 분위기도 잘 맞춰 주는 우리 아들, 그런 아들이 곁에 있는 엄마는 얼마나 행복하고 마음이 따뜻한지, 다가오는 겨울 추위도 무섭지 않단다.

아들! 골프도 굿이고, 아들이 하는 모든 일이 다 굿, 굿, 굿일 거라 믿는 엄마는 오늘도 아들과 함께라서 행복했고 많이 고마웠단다.

엄마 마음

2017년 10월 4일

올해 한가위 달빛은 작년의 달빛과 뭐가 다를까?

난 아주 많이 다르다. 마음도 다르고, 달빛도 다를 것 같고, 생각과 감정도 여느때 추석 달빛과는 엄청나게 큰 차이로 다가온다.

작년 추석 달빛엔 분명 내 엄마가 있었는데, 이번 추석에는 내 엄마가 없다.

그래서 친정에 가고 싶은 마음이 없다. 그런데 정신이 온전하지 못한 내 아버지가 계시기에 가야만 한다. 엄마 안 계신 명절은 이번이 처음이다.

표현과 감정 없이 넋두리로 나를 연출하며 웃기도 했지만, 가슴엔 큰 멍울이 자리하고 있었다. 내년에는 많이 옅어질 거라 믿으며, 으젓하게 오늘밤을 넘기리라.

이런 내 마음을 들키고 싶지 않지만 알아챌 수도 없는 나만의 속앓이로 남겨두리다.

엄마, 엄마, 명절이라 더 보고 싶어요. 내일 엄마 만나러 갈게요.

두 번째 이야기

 2017년 10월 9일

허둥지둥 추석과 성묘까지 끝내고 출발한 뉴욕행은 지친 몸과 마음에 안식과 힐링을 느끼게 해 줄 것이다.

일 년 동안 자식으로서 맏딸로서 가슴 아파하면서 뛰어다니며 눈물 훔쳤던 일들이 주마등처럼 나를 스쳐간다.

아직도 헛꿈에서 버둥대고 있지만 뉴욕의 식구들은 지친 나를 포근하게 감싸주리라.

뉴욕에 있는 동안 아담하게 개인전도 가져보려고 작품 품앗이를 많이 해 왔다.

이 모든 것이 그리움과 보고픔의 힐링이 될 수 있도록 맘껏 즐기며 사랑하며 행복에 푹 젖었다 오리다.

그리고 뉴욕 가을 나들이도 만끽하며 세월의 흐름도 잠시 잊어볼까 한다.

엄마 마음

2017년 10월 18일

가을 속 깊숙이 들어와 있는 뉴욕의 달콤한 햇살 아래 음미하는 커피 향은 나를 행복에 취하게 한다.

휘날리는 낙엽은 세월을 떠밀어 보내려는 것 같아 쓸쓸해 보인다. 세월이 가겠다면 보내야지. 난 세월을 끌어안고 주저앉을 재주도 없고 힘도 없으니까.

가을바람에 코끝이 시린 건 뉴욕 바람이 우승을 먹었지만, 가을 단풍의 멋과 풍미는 단연코 내 나라가 최고임은 멋진 산새들이 말해 주리다.

장곡사의 가을도 나를 기다릴 것이고, 이곳저곳에서 오묘한 색의 마술이 끝나기 전 나는 돌아가리라.

건너뛸 수 없는 가을맞이 향연을 올해도 연출해 보고, 동서양의 가을 축제를 신나게 음미하려면 이 가을에도 무척 바쁘겠소이다, 나는.

 2017년 10월 23일

뉴욕의 푸르름은 색깔의 오묘함은 없어도 상쾌하고 쾌적함을 엄마에게 선물한다. 민화 전시도 생각 외로 많은 사람들에게 호평과 사랑을 받아 기쁨이 한 소쿠리이고, 베풂까지 곁들이니 마음이 한결 가볍고 기쁘단다.

이번 엄마의 뉴욕행은 모든 것이 아주 적절하게 이루어진 절호의 기회였던 것 같다. 이제야 몸이 좀 풀린 걸 보면 그동안 많은 짐을 지고 있었던 걸 실감했다.

아빠와 아들이 물심양면으로 많이 도와주었는데도 내 짐은 줄지도 않고 더 무거웠던 걸 생각하면, 지금의 뉴욕행은 엄마를 살려 주었던 것 같다.

아직 이곳에선 부엌 입성 한 번도 안 하고 뻔뻔함을 고수하고 있단다. 몸과 마음이 안 따라주어 갈 때까지도 뻔뻔함은 유지될 것 같다.

뉴욕의 가을도 맘껏 취하고 한국의 멋진 가을도 함께할 수 있음에 기쁨과 행복을 느낀다. 잘 있다 갈 수 있게 해 준 딸과 사위, 손주들에겐 무한한 감사와 사랑을 주고 싶다.

너무 고맙다, 뉴욕 식구들이여.

엄마 마음

 2017년 10월 25일

아주 낯익은 백화점에서 아이쇼핑을 하며 바쁠 것도 없이 느린 발걸음은 나를 힐링 속으로 살짝궁 밀어넣는다.

시간과 공간 없이도 나를 채울 수 있고 힐링으로 비울 수도 있는 나만의 비움 철학을 부지런히 터득하고 있다.

어렵지도 쉽지도 않은 인생의 에움길을 잘 넘길 줄 아는 지혜로움으로 나이 들어가고 싶다.

나이듦이 자랑도 훈장도 아니지만, 그렇다고 슬프고 외로운 것만도 아니다.

나이듦엔 식견도 넓어지고 배려의 힘도 커지고 자신을 사랑하고 아끼는 마음과 용서의 강인함도 배가 되는 것이 난 너무 좋다.

그래서 난 지금의 나를 엄청 사랑한다. 만추를 즐기는 내 모습도.

뉴욕에서 가을을 즐기며

 2017년 10월 29일

아래층에서 서툰 첼로 음률이 퍼져 올라온다. 멋들어지게 흐들거리는 소리는 아니어도 어설픔엔 매력이 한 소큼 담겨 있다.

손자가 켜대는 첼로 멜로디에는 사랑이 듬뿍 담겨 있다.

바쁠 것도 안달스러울 것도 없는 뉴욕에서의 생활도 이젠 다섯 손가락만으로도 셀 수 있는 작은 숫자만 남아 있는 지금, 트럼본에 색소폰에 첼로와 피아노의 음률이 요일과 시간을 다투며 퍼져 나오는 이곳은 분명 천사들이 모여 사는 '행복의 집'임이 분명하다.

천사들의 합창이 시도 때도 없이 울려 퍼지는 이곳은 사랑도 웃음도 기쁨도 감사도 함께 어우러지는 행복의 집이기에, 난 매일매일 감사의 기도를 드려야 한다.

뉴욕에서 할머니가

엄마 마음

'그리움은 사랑이 아니더이다' 이라면, 그 그리움과 사랑의 산실은 어디인가. 그럼 난 아픔으로 다가온다. 그리움은 그리움을 토해 내듯이 감출 수 없는 마음의 현실이다. 어느 누구도 달랠 수 없는 아픔은 내 삶의 걸림돌. 난 그 길을 혼자 걸으며 매일 외로운 사투를 벌인다.

쓴 커피 한 잔으로 달래기엔 너무도 역부족인 지금의 내 삶엔 보이지 않는 피멍이 들어 있다. 피할 수 있다고 피해지지도 않는 삶의 무게는 나를 더 허기지게 만든다.

삶은 달려가는 것이 아니고 천천히 음미하며 멋과 향을 창출하며 천천히 만끽하며 가는 길인데….

요즘엔 막 달려가고 싶다. 그래서 내 삶의 뒷거울을 보고 싶다. 실수 없이, 후회 없이, 아낌 없이 잘 살아왔나를 확인하고 싶다.

세월이 익을수록 내 삶도 재밌고 멋지게 익어 갔으면 좋으련만, 참 어렵다. 내 삶에 후광과 광채가 번뜩이는 그런 나날을 꿈꾸며 오늘도 밝은 날을 만들어 본다.

 2017년 11월 20일

　가을 끝녘에 서 있는 햇살의 따사로움은, 겨울을 넘보는 애처
로움으로 넘실댄다. 뒹구는 낙엽보다 안쓰럽게 매달려 있는 마지
막 잎새들이 이 가을을 더 서글프게 한다.

　가을 산사에 널부러진 낙엽송을 밟으며 난 이 가을을 또 보낸다.

　따끈한 커피 향기가 내 입안에서 멋을 부릴 때, 난 꼭 옛 가을
이 떠오른다. 깊은 가을 속으로 들어와 있는 인생의 갈대는 또 그
렇게 소리 없이 넘어가려 한다.

　계절의 노을은 붉게 넘어가는데, 인생의 노을은 가을마냥 쓸쓸
함이 듬뿍 담겨 있다.

　그래서 그 가을도, 그 노을도, 그 인생도 모두 현실이기에 사랑
스럽고 인자하게 포근히 받으려 한다. 아주 폭넓은 마음과 가슴
으로 안고 보면 가을도 멋쩍어서 고즈넉스럽게 고개 숙이리.

　그럼 또 겨울이 오고….

　　　　　　　　　　　　　　　　　　　　　　엄마 마음

2017년 12월 4일

　행복이란 마음먹은 만큼만 행복해질 수 있는 게 행복의 진리이며 인생이란다. 난 얼만큼의 행복을 마음속에 간직하며 그려왔을까? 진실된 삶에서만 묻어나고 얻을 수 있는 행복의 순박함에 때묻게 하고 싶지는 않다. 그냥 공짜로 막 찍어내는 것이 행복이 아니기에 내 마음속을 신중하게 들여다봤다. 패기 발랄했던 행복을 느껴 본 적이 없었다.

　신혼의 단꿈에서도 행복을 느끼지 못했고, 그리고 계속 행복은 나하곤 먼 곳에 있는 줄 알았다. 그 행복은 손주의 사랑에서 불씨를 붙여 요즘엔 매사에 행복을 만들어 내가 그 행복 속에서 놀아보려고 애쓰고 있다.

　행복하기로 마음만 먹어도 행복인 것을, 난 누군가가 가져다주는 선물인 줄만 알고 살았던 그 세월이 어찌나 안타깝고 억울한지 모르겠다. 이젠 그 원리를 잘 알기에 행복을 놓치며 사는 그런 어리석음 없이 꼭 쥐고 살리라.

　우리 아들도 행복의 진리를 빨리 깨달아 늘 행복을 즐기며 사는 멋진 삶을 살기를 바라는 엄마의 마음 전한다.

　아들아, 후회 없는 건강한 육체와 정신으로 행복을 맘껏 누리며 살기를 바란다.

2017년 12월 13일

요즘 동장군의 행차가 너무 빠르군요. 예년에 비해 너무 잽싸게 훅 들어오면 어찌합니까. 그렇지 않아도 시린 연말이라 모두들 꽁꽁 얼어붙은 메마른 마음에 동장군의 한파는 너무하오이다. 올해를 마무리하는 바쁜 발재촉은 여명의 붉은 희망의 메아리로, 그리움으로 기다려진답니다.

내림길도 에움길도 없는 꽃길만 걸을 수 있는 2017년이 되도록 많은 이들은 간절히 소망했건만, 과연 현실의 무게들을 얼마나 떨쳐내며 한 해를 보람 있게 헤쳐나갔을까요?

시간의 숨결이 잊혀진 꿈들을 얼마나 멋지게 연출하면서 한 해를 보내야만 후회 없는 삶의 향기를 낼 수 있을까요?

2018년에는 오르내림 없는 평탄한 꽃길만을 조용히 아름답게 걸으며 자신이 행운아라고 여기는 그 순간, 그만큼만 행복해지는 게 혹독한 인생길의 철칙이기에.

모든 이들이여! 다가오는 새해엔 만복과 행복만을 거머쥐며 달려가는 삶이 아니라, 천천히 음미하며 만끽하는 황금 무술년이 되길 기원하겠습니다.

엄마 마음

2018

제트기보다 더 빠른 세월을 그 누가 잡을 수 있을까. 모든 식구들의 건강
도 내가 발원하는 그대로만 이루어지는 그날 그날이 되길 바란다면 그것도
욕심일까? 그런데 그 욕심만큼은 맘껏 부려 보고 싶고, 사랑하는 내 아들
올해 꼭 장가가는 모습 볼 수 있는 꿈도 함께 누려 볼 수 있는 행복한 시
간도 갖고 싶다. 이건 욕심이 아니고 자연스레 흘러가는 인생길이기에 맘
껏 꿈꾸며 욕심을 부려 본다. 이 꿈 다 이루어지게 해 주소서, 무술년이여.

2018년 1월 1일

차표도 끊지 않고 과감하게 2018년에 탑승하실 모든 승객님들, 2017년에 두고 오신 것 없으신지, 말이나 행동이나 생각만으로도 실수하거나 섭섭하게 하신 일 없으신지요.

있으시면 모든 것 다 정리하고 훌훌 털어버리고 가벼운 마음으로 2018년의 탑승을 기다리십시오.

그러면 대망의 새해는 당신의 여명이 될 것입니다. 타오르는 해오름에 사랑도 싣고, 희망도 싣고, 건강과 행운도 싣고 멋지게 달려 보는 2018년 무술년이 되실 것임을 간절히 기원합니다.

사랑은 무색이지만 감동이라는 엄청난 무게가 실려 있는 최고의 에너지가 담겨 있습니다.

투자비도 안 들고 엄청난 부자가 될 수 있는 사랑꾼으로, 모든 이들에게 베풀며 디딤돌이 될 수 있는 마음가짐으로 2018년에 사뿐히 탑승하시면 모든 만복과 행운은 당신의 것이 될 것입니다.

2018년 1월 12일

제트기보다 더 빠른 세월을 그 누가 잡을 수 있을까. 새 달력 1월의 중순을 달리고 있는 세월은 나를 깜짝깜짝 놀라게 한다. 부지런만 떨고 있는 세월의 하품을 쫓고 싶지 않는 엄마의 마음은 오늘도 많은 그리움 속으로 들어가고 있다.

맹추위를 달리고 있는 속에서도 내 아버지의 목소리가 당당함이 기분 좋았고, 또렷한 기억 속에서 내뿜는 언어의 문맥은 나를 기쁘게 만들었다. 욕심 없는 마음으로 최선을 선택하고픈 기특함이 올해 더욱더 큰 기지를 발휘했으면 좋겠다.

모든 식구들의 건강도 내가 발원하는 그대로만 이루어지는 그날 그날이 되길 바란다면 그것도 욕심일까? 그런데 그 욕심만큼은 맘껏 부려 보고 싶고, 사랑하는 내 아들 올해 꼭 장가가는 모습 볼 수 있는 꿈도 함께 누려 볼 수 있는 행복한 시간도 갖고 싶다.

이건 욕심이 아니고 자연스레 흘러가는 인생길이기에 맘껏 꿈꾸며 욕심을 부려 본다. 이 꿈 다 이루어지게 해 주소서, 무술년이여.

2018년 1월 14일

오늘도 마음의 샘물을 가득 채우고 법당문을 나섰다. 이런 마음과 지금 기분이 바로 행복이거늘. 늘 법당문을 들어서거나 나올 땐 행복의 샘물이 넘쳐흐른다.

순간순간이 행복 아니던가. 부질없는 욕심과 욕망과 탐욕이 눈을 막고 마음을 멍들게 했던 것을 엄마는 가볍게 밀고 나올 수 있었다. 밀고 나와 햇빛을 볼 수 있는 그 능력을 난 법당에서 듣고 보고 느끼며 스스로 터득할 수 있는 힘도 기르고 만들 수 있었기에, 법당 가는 그 길이 너무도 좋단다.

오는 길에 아버지도 만나뵙고 더욱 건강해지신 모습을 뵈니 발걸음도 가벼워진 오늘이란다. 좋은 말과 고마운 생각과 감사한 마음은 늘 인간을 행복하게 만드는 요인이기에 많이 노력하려 애쓰는 엄마다.

그래서 늘 마음만은 부자가 되고픈 행복을 만들며 사는 내가 되고 싶다. 2018년 무술년에는….

2018년 1월 16일

　세상이 끝나도 후회 없는 삶이란? 가끔 이런 생각에 쏠려 깊은 고뇌에 빠질 때가 있다. 그런데 인간이기에 완전체란 있을 수 없어 후회는 막을 수가 없는 꼬리표라는 것도 많이 커서야 알았다.

　어릴 때부터 난 후회가 싫었다. 후회할 짓이라는 생각이 들면 그 짓을 안하고 멀리하고 살았던 게 나의 학창시절이었기에, 나의 학창시절은 재미있거나 생각나는 사건이나 일이 없는 무미건조함 그 자체였다.

　틀에 박힌 모범생 생활이 그 시절엔 꽤 좋았다. 성취감도 있고 보람도 있고 칭찬도 많이 들었건만, 지금 생각해 보니 답답함과 꽉 막힘이 내 발전엔 큰 저해물이 되었던 것도 사실이었음에 많이 도태된 것엔 좀 미안하다, 내 자신에게….

　그래도 세상을 살아오는 데엔 큰 밑거름이 됐을 거라 믿기에 지금도 후회는 없다. 가끔 앞뒤가 꽉 막힌 불소통은 아닌가 걱정도 되지만, 어느 면에선 확 트이기도 했으니 크게 걱정할 바는 아닌 것 같다.

　그래도 내 좌우명은 후회 없는 삶, 열심히 최선을 다해서 좌우명에 먹칠하지 않는 내 인생을 살고 싶고 지금도 그렇게 살고 있다.

2018년 1월 30일

간만에 낙조의 붉은 노을을 배경 삼아 운전대를 잡고 최백호의 노래 눈물샘, 불혹, 그쟈, 애심에 빠져 울렁거리는 가슴을 다독이며 길 위를 서서히 달렸다.

나만의 공간에는 늘 최백호의 담담하듯 대화하듯 읊조리는 노래가 함께한다.

그것 때문에 난 가끔 운전대를 잡고 싶은 갈증을 느낀 적이 많다. 잔잔한 음률에 매료되어 속도도 못 내고 음색에 취해 있는 나를 직시할 때가 가장 행복하다.

운전보다는 나만의 공간에서 혼자 감상할 수 있는 노래가 좋아, 내 음악감상실을 난 가끔 이유 없이 찾고 싶다.

엄마가 좋아하는 노래만을 골라 담아 준 아들의 마음씀도 고맙고, 그 노래 가사를 곱씹으며 순간순간의 행복과 기쁨을 만끽할 수 있어 너무 좋다. 그림을 그리듯, 시를 읊듯 넘쳐나는 그 매력, 저만 느끼는 건가요. 그래서 행복합니다.

엄마 마음

2018년 2월 10일

겨울과 봄의 인연에 분명 보이지 않는 생명의 이음줄이 존재하기에 머지않아 이 추위는 지나갈 것이다. 가기 전에 겨울은 한 번 더 기승을 부리려나 보다.

이 겨울이 얌전하게 떠날 줄 알았는데, 엄마한텐 고맙지 않은 감기 몸살 선물을 주어 고통을 겪고 있구나. 이 고통을 잘 넘겨야만 꽃피고 새 우는 봄잔치란 선물이 찾아올 테니 괴로움도 지혜롭게 잘 넘겨야 할 것 같다.

감기 몸살에 어지럼증으로 괴로웠는데, 더욱 심해져 검사해 보니 이석(명)이라고 하는구나. 꼭 죽을 것만 같은 그 순간이 악몽 같았는데, 한 달 정도 약 먹고 푹 쉬면 괜찮다고 하니 다행이다.

나이는 숫자일 뿐이라고 했는데 육체에도 많이 미치는 걸 요즘 많이 느끼고 있다. 아직 할 일도 많고 하고 싶은 것도 많은데, 벌써 내 몸은 나이에 잡혀 있어 마음이 아프다. 내 멋대로 할 수 없는 나이가 됐다는 건 생각할수록 용서가 안 되는 구나.

그런데 그대로 받아들여야만 한단다. 그렇지 않으면 몸이 반란을 일으킬 거라는 경고를 하고 있다.

나이에 벌벌 떨고 있는 자신을 보자니 꿈을 꾸고 있는 것 같구나. 하지만 잘 이겨 내 보려고 한다, 엄마답게.

2018년 2월 14일

휴식과 편안함과 여유와 어쩔 수 없는 휴가엔 분명 큰 차이가 있다. 이제껏 해 오던 명절 준비를 뒤로 한 채 몸을 쉬고 있는 건 분명 휴식도 아니고 휴가도 아니고 그냥 어쩔 수 없어서 손을 놓고 있을 뿐, 불편하기 짝이 없구나.

말이 좋아 쉬는 명절이지, 이리도 편치 않은 명절이 또 있을까. 몹시 불편함을 안고도 거부하지 않고 내맡기고 있는 엄마의 마음과 몸이 틀에 맞지 않아 지금 이 순간이 더 힘들고 괴롭다. 그렇다고 나서서 진두지휘할 입장도 아니면서.

무리를 해서라도 해야 했나 하는 안타까움이 이번 명절에 겪어야 했던 큰 아픔이며, 미안함에 죄스러움까지 보태는 혼란스런 몸과 마음이 이렇게 더 힘들 줄이야.

그런데 자신은 없다. 내 몸 하나 건사하지 못해서 일어난 일인 것 같아 많이 속상하고 자신을 채근해 본다. 금방 회복되지 않고 더욱더 처지는 건 정말 나이탓일까?

조상님께서도 그동안 최선을 다한 점수로 후하게 받아주시겠지 하는 것이 지금 나의 간절한 바람이란다. 모두 즐겁고 건강하고 소망 다 이루어지는 명절 보내길 바란다. 엄마의 간절한 소원과 희망을 담아본다.

엄마 마음

2018년 2월 15일

흐러가는 강물도, 흘러가는 거엔 그 어떤 것도 잡을 수 없듯이 쏜살같이 내딛는 세월의 빠른 흐름을 어릴 때는 잘 몰랐다. 오히려 더디게만 느껴졌던 그 세월이 이젠 가슴이 덜컹할 만큼 무서워지는구나.

그 무서움 속을 헤쳐나가려면 큰 인내와 담대함과 지혜가 있어야 하기에, 난 그 속을 그렇게 자연스레 걷고 싶다.

물론 용기와 자신의 철학과 건강이 함께해야만 걸어갈 수 있는 힘든 노후의 길이기에 힘차게 다짐해 본다.

비록 내일 무너질지라도 다시 경각심을 불러모아 내 자리를 찾으려 온갖 힘을 써볼 터이다.

벌써 내 노후의 일이 주마등처럼 펼쳐지는 필름 속에 갇혀 있다니, 세월의 무심함이 다시 나를 덮친다.

평창동계올림픽 선수들의 피땀도 헛됨 없이 된 것이 하나도 없기에 많은 교훈도 얻는다. 힘없이 앉아 명절 준비도 못하고 내일을 바라보는 내 시각도 편치만은 않다.

2018년 2월 17일

금·은·동 무슨 의미가 있겠는가. 한 울타리 안에서 죽을 힘을 다하고 꽃띠에 이팔청춘 다 바친 올림픽 선수들이여, 그대들이 진정 국가를 세계에 알리는 특급 외교관입니다.

지도상에선 보이지도 않는 개미 허리만큼 작은 그 점을, 또 반토막난 그 땅에서 그대들이 대쪽 같은 강인한 정신과 육체로 이 나라를 신나는 축제장으로 만들고 있으니 말이오. 정말로 대단한 우리 건아들의 투혼을 난 너무도 많이 사랑하오.

맥 못 추고 힘들어하며 명절을 맞이했던 한국의 주부들에게 큰 영양제를 퍼부어 준 우리의 용사들, 끝까지 건투 건승하며 잘 마무리해 주소서.

평창 개막식과 3박4일 선수들과 함께하기로 해 흥분된 마음으로 준비중이라오. 추운 곳에서 열정적으로 응원하려면 기운 잘 차리고 단도리 잘 하려고 애 많이 쓰고 있으니 선수들이여, 기다려 주시구려.

우리 식구들이 그대들에게 힘 실어 주려고 그곳에 가겠다고 미리 예약했답니다. 그대들에겐 아까울 것이 하나도 없이 모든 걸 다 준다 해도 모자람이 많은 국민들이랍니다.

끝까지 아낌 없이 후회 없이 투혼을 발휘해 주소서, 선수들이여!

엄마 마음

2018년 2월 19일

설렘이고 꿈이고 욕심이며 명예에, 성취감을 다 만족하게 꿈꾸고 있는 것이 동계·하계 올림픽이다.

세계 각국 인종들이 모여 하나의 모티브를 목표로 세계를 하나로 구축하는 전 세계의 축제가 지금 우리나라에서 꿈같이 개최되고 있다.

우리나라 국민으로서 엄청난 자긍심과 진주를 품고 있는 조개들의 아픈 환희만큼 흥분된 마음으로 경기 하나하나의 매력과 열정에 뜨거운 박수를 보내는 행복한 나날이다.

언제 또 내 생전에 내 나라에서 열리는 이런 축제를 볼 수 있을까나. 생각해 보면 지금의 올림픽은 내 인생에도 큰 기여로 춤을 추고 있는 것만 같아 힘찬 응원과 환희로 응답에 화답하고 있다.

한순간도 놓치지 않고 열렬한 응원 아끼지 않고 선수들 못지않게 내면의 기쁨과 슬픔도 같이 동감하고 있소이다.

세계 모든 선수들이여, 힘차게 파이팅! 후회 없이 마음껏 뛰어보소서.

뜬금없이 갈비를 뜯고 싶었던지, 아님 갈비맛이 그리웠던지 점심에 혼자 먹기 위해 냉장고에 있는 LA갈비를 구워서 거침없이 넘어가는 속도에 깜짝 놀랐다.

수시로 먹는 육식 애호가인데도 이렇게 고기가 고팠었나. 오전엔 구운 민어를 맨입으로 마구 주워 먹었는데. 그런데 가끔 먹고 싶은 것도 참고 아쉽게 수저를 놓아야 할 때가 많아진다.

나이 들어선 뭐든 다 할 수 있는 게 아니라는 걸 요즘 절실히 느낀다. 맛난 음식도 입맛만 다시고 눈으로만 먹어야 한다. 그리고 운동은 시도 때도 없이 가볍게라도 쉬지 말아야만 하고.

나이 먹으면 연륜과 경험과 살아온 지식과 노하우로 풍요롭고 멋진 노후를 보낼 줄 알았더니, 눈도 감아주기도 하고 입이 있어도 닫고 살아야 하는 답답함에 외로움을 느낄 때가 많다. 인생이 그렇게 흘러가야만 한다면 나도 그렇게 할 수밖에….

엄마는 그 속에서도 내 길을 나만의 놀이터를 만들어 뛰놀면서 노을로 들어가리다. 인생의 석양을 더욱더 풍요롭고 아름답고 멋스럽게 표출하면서 한마탕 놀아보는 것도 후회 없는 삶의 종지부라 여기며 그렇게 살아보리라.

2018년 2월 27일

　사랑의 자양분을 차고 넘치도록 엄마 아빠께 듬뿍 쏟아 준 우리 아들, 평창동계올림픽을 맘껏 즐기며 힘껏 응원할 수 있도록 모든 걸 완벽하게 준비해 준 우리 아들, 진심으로 고맙고 고마웠다.

　아들의 노력이 없었다면 텔레비전으로만 볼 수밖에 없기에 더욱 아들의 마음씀에 고마움을 표하지 않을 수 없는 엄마 아빠란다.

　모든 일정을 완벽하게 소화하진 못했어도 얼추 따라다니며 목청 높여 응원하며 신바람이 났었던 평창동계올림픽은 영원히 잊지 못할 멋진 추억으로 되새겨질 것이다.

　각종 대회장에서 현장감 있고 박진감 있게 관람하며 힘껏 응원할 수 있어 정말 행복했다.

　날씨도 괜찮았고 자원봉사자들의 아낌없는 헌신과 봉사만큼은 세계 1위라 해도 손색이 없어 그들에게 큰 박수를 보내고 싶었단다. 그들이 밝고 예쁘고 상냥하게 17일 동안 봉사해 준 그 엄청난 저력 때문에 평창동계올림픽은 대성공을 거둘 수 있었다고 생각한다.

　봉사자들이여, 그대들은 평창동계올림픽의 꽃이며 보이지 않는 대들보 역할을 충실히 해 준 애국자였습니다. 모두모두 자기 자리에서 충실히 잘해 준 덕분에 우리는 성공이라는 큰 타이틀을 얻었습니다.

마지막 폐막식까지 잘 보고 돌아오는 길이 많이 힘들었을 우리 아들, 진심으로 고맙고 감사하다.

애도 많이 쓰고 돈도 많이 들었을 테고 신경쓸 일도 많았을 이번 여행길은 축제의 길이었기에 참으로 행복했다.

언제 또 우리나라에서 이런 올림픽이 열리겠나. 타이밍 잘 맞춰 효도 잘했다. 우리 아들, 사랑해.

2018년 3월 4일

흰눈 맞고 피어난 봄동은 겨울 추위를 이겨 내며 활짝 핀 한 송이 꽃이며, 봄이면 향긋함을 선물하는 봄동의 입맛이어라.

김장김치가 입맛을 잃은 즈음에 쏘옥 올라오는 꽃송이 같은 봄동은 겉절이며 냉이와 함께 된장국도 일품이고 생잎을 막장에 싸먹는, 봄이면 생각나는 그 봄동이 제철을 맞아 입맛을 돋게 해 주는 계절, 봄이 왔다.

움츠러든 육체와 정신도 봄소식에 빠르게 적응하며 힘찬 기지개로 봄을 멋지게 맞이하고 싶다.

우선 미얀마 여행을 선두로 봄 향연에 동참할 것이며, 아들과의 약속으로도 봄을 기쁘게 맞이하려 한다.

봄꽃의 향연보다 내 마음의 향연을 먼저 꿈꾸며 실천해 보려한다. 송천회 민화 전시도 코앞에 있으니 최선을 다하고 싶다.

그리고 나면 봄도 자리를 뜰 채비를 할 터이니, 알찬 계획으로 허트러짐 없이 이 봄을 멋지게 보내리라. 아들의 격려도 부탁해 볼게.

사랑하는 우리 아들 감기 빨리 낫길 바라며, 아들도 멋진 봄맞이 계획을 꿈꿔 보렴.

2018년 3월 9일

보슬보슬 봄비가 내리는 3월의 향기가 올해는 참 새롭다. 내 주위에 달라진 모든 것들이 새로이 나를 일깨운다.

부모님이 이루어 놓아서 편안했던 그 성곽이 지금 거의 무너지고 있음이 나를 가끔 힘들게 하곤 한다.

표시 없이 살포시 지나가고 싶어도 내 마음에선 이미 시냇물이 흐르고 있어 막을 수 없을 때 가끔 난 난감하다.

따뜻한 봄이 되면 내 부모님의 생신이 돌아오는 게 슬퍼, 봄도 봄꽃도 달갑지만은 않다. 처음으로 맞이하는 생신인지는 몰라도 난 봄의 첫 자락을 잡고 그리움과 사투를 벌이고 있단다.

아들은 이런 엄마의 속마음을 알 수 있을까. 유난한 엄마라고 고개 젓지 말고 이해해 주는 아들이 되었으면 좋겠다. 혼자의 바람이지만.

홀연히 다녀오는 이번 여행길에 모든 그리움 다 떨쳐 낼 수 있는 기회가 되기를 기도하고 오련다. 끓어오르는 그리움이 이젠 좀 멈춰 주길 바라는 마음으로 엄마는 매일매일을 넘긴다. 이번에 떠나는 여행 잘 다녀올게.

2018년 3월 11일

　문득문득 떠오르는 것이 그리움이라면, 새록새록 생각나는 건 옛 추억이 아니던가. 희미한 가로등 불빛에 아롱지게 그려지는 건 내 인생이 걸터앉아 있는 노을빛의 화려함이 아니겠는가.

　여명의 붉게 물든 아름다움이 노을의 아름다운 석양빛에 어찌 견줄 수 있겠는가. 결코 석양의 화려함이 기울지 않음은 인생의 연륜이 흠뻑 묻어나기 때문이 아닐까.

　그래서 시니어들의 자긍심이 주름잡고 있는 지금의 이 시대 우리가 좋다.

　젊음을 억지로 추구하고 부러워하기보다 걸터앉아 있는 지금의 이 자리를 멋지게 치장하며 살고 싶다.

　사랑의 자양분을 흠뻑 머금은 인생의 봄으로 되돌아가리라, 마음만큼만.

　그럼 행복은 봄 아지랑이처럼 멋지게 퍼져 오리라.

2018년 3월 21일

봄비가 아닌 흰싸래기 눈발이 내리는 3월의 날씨는 늘 그랬다. 어쩜 겨울보다 더 참기 힘든 봄바람에 시중 들기 싫어 심통부리는 철부지 아지매 같다.

난 날씨가 변덕스러운 봄을 좋아하지 않지만, 요란스럽게 피어나는 봄꽃에 내 마음을 빼앗길 때가 종종 있었다.

아무리 봄꽃이 화려하게 피어도 변화무쌍한 봄날씨에 별 매력을 느끼지 못하는 엄마는, 역시 가을이 최고라는 생각을 더 하게 되는구나.

짧지만 미얀마의 진솔한 모습을 잘 보고 느끼며 회상할 수 있는 여행을 할 수 있어서 얼마나 고맙고 행복했는지 모른다.

깊은 맛을 느낄 수 있는 추억거리를 잘 만들고 와서 인생의 멋진 획을 잘 그린 것 같다.

아들에게도 멋진 기회로, 멋진 행복을 잘 잡을 수 있는 그런 날들이 올 거라 믿으며 간절히 기원하고 기도한다.

아들아, 고맙다.

엄마 마음

2018년 3월 24일

눈 녹은 봄날, 꽃봉오리들이 앞다퉈 나올 기회만 엿보고 있다.

꽃들에게도 엄연한 차례와 순서가 있다. 멋대로 생각 없이 막 피어날 것 같지만 나름대로 규칙을 엄수하고 있는 자연에게서 인간은 참 배울 점들이 많다.

꽃잔치가 벌어지면 엄마는 생각나는 그리운 사람이 있다. 그리우면 그리운 대로 생각이 나면 생각나는 대로 그냥 내버려두기엔 너무 마음이 저리고 아파서 엄마는 새봄 맞이가 두려워질 것 같아 깊은 가슴앓이에서 빨리 해방되고 싶다.

꽃피고 새 우는 봄을 유난히 좋아하셨던 내 엄마는 작년 봄을 끝으로 올봄에는 아니 계심이 너무나 섭섭하다.

우주에 단 한 분뿐이셨던 나의 소중한 엄마라는 꽃은 이젠 지고 없음을 난 언제 편한 마음으로 받아들일 수 있을까.

봄소식이 이리도 부담될 줄은 예전엔 미처 몰랐으니, 미리 효도라도 많이 저축해 둘걸.

언제쯤 행복하고 편한 마음으로 봄을 맞이할 수 있을까?

2018년 4월 29일

갈등과 삐침의 연속으로 봄은 영 자리매김을 못하고 불안함 속에서 갈등을 겪더니만 이젠 제대로 엉덩이를 붙인 것 같다. 유독 봄철만이 제자리 찾기가 어렵고 힘들고 괴로움의 연속을 보이다가 안착하는 모습이 매년 안쓰럽기만 하다.

올봄엔 내 평생 있을 수 없을 것만 같은 남북한 정상들의 진지한 만남이 라일락 향기만큼이나 우리를 설레게 만들었다. 살다보니 이런 일도 있고, 폐쇄된 철통 속에서도 꽃은 피려나?

엄마는 국민학교 때부터 반공교육과 전쟁을 대비한 철저한 실습도 불시에 많이 했었다. 전쟁이 나던 1950년생으로 지금까지 이북에 대한 반감이나 두려움, 불안감으로 옥죄오던 가슴이 쉽게 풀리기야 하겠냐만, 그래도 가물거리는 촛불의 희미한 빛이 화려한 사이키 불빛으로 변할 수도 있지 않을까 하고, 아련한 기원을 해 보았다.

결코 영원이란 없는 것, 불변이란 것도 없는 것. 모든 것은 변하고 또 변해야만이 어울림과 조화가 맞물려 역사는 이루어지는 것이다. 역사는 변화하면서 흘러가는 것이기에 남북의 변화도 좀은 기대해 본다.

멋진 봄꽃이 피기를….

엄마 마음

2018년 5월 8일

오늘은 어버이날이다.

엄마 안 계신 어버이날을 처음 겪는 엄마의 아픈 마음은 언제쯤이나 가셔질까? 이런 상황이 언젠가는 꼭 올 거라는 짐작이나 마음 준비는 왜 안해 두고 이제 와서 허둥대고 있는 내가 싫다.

영영, 영원히 내 곁에 계셔 줄 거라 했던 그 어리석음은 어디서 왔을까. 세상 모든 것엔 영원히라는 건 없는 것. 심지어 지구상에 모든 건 변화하기에 존재하는 것인데, 인간의 짧은 인생 변화도 감지하지 못하고 나이만 먹은 내가 한심할 따름이다.

난 어제 아들이 챙겨 준 멋진 곳에서 와인을 곁들인 근사한 식사도 하고, 아들 딸이 챙겨 준 봉투도 받고, 멀리 뉴욕에서 보내 준 생화 꽃다발도 한아름 받은 아주 기쁜 날이었는데, 혼자 계신 아버지가 생각난다.

행복만을 추구하고 행복만을 느끼며 사시는 내 아버지가 되시길, 어버이날을 맞아 기원해 본다. 행복은 행복을 만든다는 간단한 진리를 난 아버지께 선물하고 싶다.

나의 아들 딸, 진심으로 고맙고 감사하고 많은 사랑도 함께 보낸다.

2018년 5월 14일

　매번 여행지가 바뀔 적마다 짐을 싸야 하는 번거로움이 없는 크루즈 여행. 이벤트 공연과 구석구석 시시때때로 볼거리를 제공하는 크루즈 여행은 좀 더 나이가 든 후에도 얼마든지 가능한 여행이란 생각이 든다.

　아직도 자신이 젊었음을 과시하는 오만에서 오는 착각이 아닐까? 어찌 됐든 내 경치 남도 보여 주고 남의 경치도 실컷 볼 수 있는 3,000명이 넘는 승객들의 오합지졸을 다 볼 수 있는 대광장은 늘 흥분에 넘친다.

　2박3일을 쉼없이 항해한 지금의 이 배는 러시아에서 북해도에 막 정박해 있다. 쉼에서 여유에서 몸과 마음을 다듬을 수 있는 공간의 여백이 꼭 필요한 지금, 엄마 아빠에겐 맞춤의 여행길이 된 것 같다.

　늘 아들 딸에게 고마움과 보람을 느끼면서, 이 여행이 끝날 때까지 감사함을 잊을 수가 없겠구나.

　　　　　　　　　　　　　　　　　　　　　엄마 마음

 2018년 5월 30일

붉은 줄장미가 주렁주렁 너울너울 담 너머로 넘실거리는 광경을 보니 날씨와는 상관없이 5월임을 알 수 있다. 계절의 여왕이란 말이 괜히 붙여진 것은 아닐진대, 온 마당 천지에 붉디 붉은 예쁜 장미가 한 송이 한 송이 씨를 불려 줄타고 올라가는 모습은 정말 아름답고 싱그럽다.

내가 살던 친정집은 고래등같이 큰 기와지붕에 엄청 큰 ㄷ자 모양 한옥이었는데, 서울에서 마지막으로 지은 한옥일 것이다. 그 집엔 유난히 빨간 줄장미꽃이 많이 피어 오가는 사람들의 눈길이 머물곤 했지. 지금은 보문동과 안암동을 관통하는 지하철 때문에 헐리고 말았지만, 엄마는 가끔 꿈에서 그 집을 만나기도 한다. 아들도 가끔 그곳에 가보는 것 같은데, 참 그리운 집이다.

5월이면 우리 마음을 붉게 설레게 했던 그 꽃이 줄장미이기에 지금도 여기저기서 피는 꽃을 보면 옛 추억이 새롭게 떠오른다.

이제 추억을 만들어 주는 시골집은 없지만, 난 그 집이 참 좋았다. 풍성하고 멋스럽고, 그땐 엄마도 젊었었고, 그래서 좋은 추억은 잊혀지지 않는가 보다.

세월의 달리기는 아무도 멈추게 할 수 없으니 따를 수밖에. 아들아, 올해는 꼭 좋은 일이 있길 기원한다.

2018년 6월 18일

우리는 어제 미비한 채로 학여울 전시장에서 전시를 마감했다. 내년엔 좀 더 잘할 수있고, 잘할 거라는 미련을 남긴 채.

이제 연대 TMP 행사 경연 군무만 잘 해내면 전반기 행사는 얼추 마무리되는 것 같다. 무대에 올라가서 허둥대고 순서가 뒤죽박죽되지 않기를 기대하며 열심히 연습하고 있다. 순간순간 순서를 깜빡깜빡하니 부단한 연습밖엔 없으리라.

우리도 속이 타는데, 가르쳐서 무대에 올리기까지 애태우실 선생님을 봐서라도 잘해야 할 텐데. 회장단의 노고에도 찬사를 보내고 선생님껜 늘 미안한 마음뿐이다. 제일 연장자인 나로선 연습 또 연습밖엔 없다.

민화 전시도 그렇고 TMP 행사도 그렇고 몸은 피곤하지만 마음만큼은 즐겁고 행복하다. 엄마의 성취감도 있지만 노력에 대한 찬사를 받는 것도 행복한 일이구나.

인생의 모든 것엔 희생 없는 대가도 없고 노력 없는 성과도 없듯이, 내가 한 만큼 받게 된다는 철칙을 잘 알기에 엄마는 부질없는 욕심이나 대가 없는 보상을 바라지 않는 좌우명을 갖고 있단다.

그래서 요즘 바쁘고 힘든 연습과 실전에서 얻는 행복감에 만족을 느끼며 기쁨을 끌어안고 산다.

2018년 6월 25일

감기 몸살 끝난 지 얼마나 됐다고 또 감기가 왔는지. 집에선 한 시도 안 쉬고 그림에만 몰두하는 모습에 남편과 아들의 경고에도 붓을 놓을 수 없는 재미에 폭 빠져 있는 내 모습이 난 참 좋다.

그런데 몸이 안 따라주니 바로 나이 탓일까? 아직은 나이 핑계 대고 싶지 않은데 몸이 냉큼 대답을 해 주고 있는 게 영 마음에 안 든다.

요즘은 TMP 공연 연습으로 난타까지 겹쳐 무척 피곤하지만, 소홀히 할 수가 없어 최선을 다하다 보니 매번 몸에서 신호를 보내오는구나.

민화를 만난 건 엄마에게 큰 행운이고 보람과 희망과 낭만까지 느끼게 하는 큰 선물이기에 매일 힘찬 미래를 그려본다.

민화를 만난 행복도, 각종 모임의 본질도 헛됨 없이 즐기다 보니 매일 피곤함은 기본이건만 이젠 체력을 보강할 수밖에 없음이 나의 숙제인 것 같다.

다 잘할 수 있는 체력도 기르고 내가 할 수 있는 모든 것도 거침없이 즐기면서 기쁨을 만끽하는 미래를 설계하리라.

2018년 7월 13일

인연과 필연은 갈숲 헤이듯 복잡하기도 하지만, 전생의 억겁을 두고 쌓아 온 공덕으로 이루어진 기막힌 공덕의 결과라 한다.

그래서 지금 생애에서 만난 인연이야말로 곱고 따뜻하게 애정과 정성으로 관계를 맺어야 한다는 마음이 나이들어 더 소중하게 여겨진다.

난 지금까지 그 많고 많은 인연들에게 어떤 존재로 새겨져 있을까? 그리고 그 인연의 고귀함과 필연적인 것에 얼마나 내 마음을 진실되게 투자했을까 하고 생각하는 요즘이다. 내 깊은 속마음까지도 들여다볼 수 있는 계기로 내가 나를 짚어 보았다.

슬쩍슬쩍 잊거나 생각이 안 나는 것도 많을 테지만, 또렷이 기억나는 것은 함부로 남을 대하거나 하찮게 인연을 무시해 본 적은 없는 것 같다.

천만다행인 건 내가 한 행동이나 말씨는 언젠가 내가 그대로 받는다는 걸 알기에, 인연에 대한 나쁜 기억들은 없다. 그런데 가끔 당하는 걸 보면 나도 그런 적이 있었던 모양이다.

지금이라도 늦지 않았으니 나와 맺어진 인연들을 소중하고 귀하게 여겨야겠다는 참 교훈을 얻은 것으로 알고, 오늘도 감사한 마음으로 감사함을 느끼며 지내야겠다.

엄마 마음

2018년 7월 17일

무더위는 벌써부터 와 앉았었는데 오늘에야 초복이란다. 중복, 말복까지 거쳐 가려면 찜통을 연상케 하는 더위를 견뎌 내야 할 텐데 아득할 뿐이다.

매년 열대야의 원인인 온난화는 많은 후유증을 남기고 있지만, 자연의 섭리를 미약한 인간의 힘으론 어찌할 수 없어 당할 수밖에 없으니….

그동안 인간들이 지구를 함부로 지배하고 천대하고 멸시까지 했으니, 지구가 열도 나고 뿔이 나서 인간에게 경고 아닌 경고로 내뿜는 결과에 할 말이 없는 인간들이여, 각성합시다.

건강이 안 좋은 노약자들은 특히 무더위가 많이 걱정된다.

오늘 초복이 지나면 부지런히 달려가거라. 무더위에 한여름을 몽땅 가지고 뛰어 주길 바란다. 고온다습한 높새바람보다 서늘한 선들바람을 선물로 받고 싶다, 지금은….

2018년 7월 26일

　무더위가 아예 가출해서 제멋대로 화사랑을 질러대고 있나 보다. 숨 쉴 틈도 없이 더위를 얼마나 잘 견디나 테스트라도 하는 것 같아 괴롭구나.

　20년 전보다 여름이 한 달은 더 길어졌단다. 지구를 함부로 써 댄 대가를 호되게 치르고 있는 현실이니 그대로 벌을 받을 수밖에 없구나.

　라오스에선 둑이 범람해 온 마을이 물바다가 되었고, 미국 LA에서는 일주일 넘게 산불로 호된 벌을 받고 있는 것은 인간이 만들어 낸 스스로의 무덤이기에, 하소연할 데도 마땅치 않아 하늘에다 소리 질러본다. 마구 손상시키고 무시한 모든 잘못 용서해 달라고. 이제 모든 것 각성하고 지구의 존엄성도 엄격히 잘 지키며, 자연의 질서도 소중하게 사랑하겠노라고….

　웬만한 더위엔 끄떡도 않던 엄마도 요즘 날씨엔 손들었다. 더운 날씨에 높은 습도까지 겹쳐 무척 덥구나.

　지금 아들이 출장중인 싱가폴은 우기를 맞기 전 시원하다니 다행이구나. 일 잘 마무리하고 건강한 모습으로 만나자, 아들아.

엄마 마음

 2018년 7월 29일

　어찌 됐든 이런 상황에서도 가을은 온단다. 여름에 애쓰고 많이 수고했을 무더위를 보상하기 위해서라도 가을은 아름다워야 하고, 가을빛은 황홀함을 만들어 주어야 하며, 온 산천을 예쁘게 물들이는 장관을 책임져 줘야 한다.

　세월은 거침없이 마구 덤빈다. 일 년이란 시간도 아낌없이 마구 써대는 것 같아 섭섭함이 백냥도 넘을 것이다. 책임지거나, 당당함에 묻어나는 가책이 씨알도 없기에 일 년은 시간을 그냥 흘려보낸다.

　마구 흘러가는 그 시간들을 알차게 채워서 사랑스런 배려로 보내야만 한다. 잽싸게 잡아채지 않으면 그냥 흘러갈 시간과 세월들은 절대 기다려 주지 않는 야속함과 매몰참이 있기에, 인간은 부지런함으로 시간을 후회 없이 잘 배분해서 세월의 여행을 잘 떠나야 한다.

　후회 없는 삶을 보내기 위해선 엄마부터라도 잘 하도록 해야 할 텐데….

2018년 8월 5일

무더위의 끝은 어디까지일까? 웬만한 더위는 즐기면서 잘 이겨 내는 엄마도 올해는 두손 다 들고 건강 추스리기로 하루를 보낸다. 에어컨에서 뿜어져 나오는 시원한 바람도 이젠 목줄에 어찌나 힘을 주는지 신통치가 않다.

가을 마중물이라도 부어서 펌프질을 해야만 무더위가 좀 사그러들까. 이젠 봄가을이 많이 움츠러들고 여름의 기세만이 대단해진다는데, 생각만으로도 아찔할 노릇이다.

올해 처음으로 여름휴가 계획을 잡지 않았고 할 생각도 안했다. 치솟아오르는 기온도 무섭고, 길에서 소진해야 할 체력도 겁이 났다. 그렇다고 나이 먹음을 타령하는 것은 아닐진대, 그건 마음이고 몸은 이미 타령을 하고 있으니 쓸쓸한 미소를 지어 본다.

세월아, 덤벼라. 난 널 이겨 낼 자신이 있다는 기세가 조금씩 꺾이고 있음을 체감할 때, 엄마는 가끔 겁이 날 때도 있다.

하지만 올여름도 건강하게 잘 보내면 상큼한 가을이 와 줄 거라 믿고 오늘도 무더위를 잘 받아들이며 견뎌 보리라.

2018년 8월 7일

난 오늘 아들과 함께 엄마가 계신 수목장엘 다녀왔다. 무더위에 지쳐 버렸을 기린꽃을 갈아 드리려고. 그리고 엄마께 미안하다고, 죄송하다고, 용서해 달라고 하염없이 읊조렸다. 엄마가 들으실 수 있도록.

난 예전에 엄마가 발바닥이 아프다고 하고, 신발이 불편해서 못 신겠다고 할 적마다 엄마 성격이 유난하고 유별나다고 치부해 버렸던 게 가슴에 맺혀 고개를 들 수가 없었다. 그때 엄마는 얼마나 힘들고 아팠을까?

어느 누구도 힘이 못 되었고 아는 척도 안했을 텐데, 혼자 참아야 했던 그 아픔이 얼마나 컸을까? 지금 내가 그 아픔을 겪고 보니 엄마의 고통이 내 가슴에 맺힌다.

정말로 많이 아픈데, 한 걸음 한 걸음이 주는 고통이 이다지도 큰데, 엄마는 어찌 견디셨을까? 너무 미안하고 죄송해서 돌아오는 발걸음이 많이 따갑고 아팠다.

아들이 동행해 준 오늘, 엄마께 미안함을 사죄드리게 되어 마음이 좀 가벼웠다.

아들, 고마워.

2018년 8월 16일

　오늘도 태양은 이글대는데 나는 오랜만에 접해 본 색감놀이에 시계바늘조차도 감지 못하고 이제야 좀 쉬어 본다.

　그동안 많이 고팠던 채색과의 대화로 간만에 나를 찾은 것 같다.

　작열하는 태양도 내 열정에는 맥 못 추고 고개 숙이지 않을까, 잠시 웃으며 생각했다.

　추억은 자신이 자신에게 주는 희망의 앨범이고 선물이다. 재미나고 화끈한 즐거운 추억거리는 없어도 한 가지 일에 최선을 다했던 신통하고 대견했던 추억거리가 나에겐 몇 있다.

　내가 나에게 주는 추억 선물이다. 난 그것이 추억으로 기억되는 것에 만족하고 있다.

　큰 재주를 타고나진 않았지만 늘 최선을 다했다는 자기만족으로 살아왔음이 지금의 나를 만들었음에 그냥 행복을 느낀다.

　아들! 고마워, 엄마 한약.

엄마 마음

2018년 8월 21일

올여름은 유별나게 무더위가 오래 머물더니 이젠 염치가 없는지 서서히 기온의 변화를 주는 것 같구나.

무더위에 지쳐서일까, 갑작스런 위경련으로 혼쭐이 났었을 때 아빠가 번개같이 달려오셔서 안심하고 누워 있었고, 아빠의 헌신적인 배려와 간호로 엄마의 고통은 조금씩 나아졌지만 쉽게 가라앉지는 않더구나.

다음 날 회사 출근도 못하시고 엄마 곁에서 죽과 꿀물과 약 시중으로 온종일을 보내셨단다. 늘상 그런 모습은 봐 왔지만 지극 정성으로 간호해 주시는 아빠의 성품은 모든 남편들이 닮아도 좋을 듯싶다.

그만큼 사랑받고 있다는 정표를 느낄 수 있는 모든 아내들은 그런 것에서 행복을 느낀단다. 물론 아들은 엄마 아빠의 장점만 빼닮아 걱정은 안하지만, 나이 들수록 더욱 빛이 나는 아빠의 배려와 헌신에 깊이 감사드린다.

지금은 많이 나아져서 다시 그림에 몰두하고 있는 내 모습에 다시 활기를 불어넣는다.

아들도 많이 걱정해 주고 더욱 건강 잘 챙기라고 금일봉도 주고 한약까지 지어 준 우리 아들에게도 고마움을 전한다.

2018년 8월 23일

눈, 비, 바람, 우박, 천둥, 번개에 태풍도 지구상에선 없어서는 안 되는 존재란다. 거센 태풍으로 바닷속을 한 번씩 뒤집어 놓아야 바닷속 생태계도 새 바람으로 풍요로움을 유지할 수 있단다.

공영방송에서는 온종일 태풍 진로와 재난 대피 상황으로 다른 프로그램들은 중단된 상태다. 지구가 일 년을 지내는데도 이렇게 많은 굴곡과 재해와 재난이 있어야 한다니, 인간이 살아갈 백 년의 세월 속엔 오죽이나 많은 풍파와 고뇌와 고달픔과 애환들이 있을까?

그 고해를 매일 헤쳐나가고 있는 인간들의 모습은 처참한 굴레에서 서서히 시들어 간다는 표현이 더 맞을지도 모른다. 그런 환경에서도 나 자신을 믿고 살 수 있는 건 강인한 의지력과 투철한 철학이 있어야겠지.

황혼길에 접어든 내 삶도 살아온 날보다 앞으로 살아갈 날이 더 아름답고 황홀했으면 좋겠다. 그리고 잘 살아왔다는 인생의 표창장도 난 나에게 받고 싶다. 남이 주는 것보다 내가 나에게 인정받는 삶을 살고 싶다.

서서히 올라오고 있는 태풍의 세력이여, 꼭 와야만 한다면 할퀴지 말고 곱게 지나가소서.

엄마 마음

2018년 8월 27일

　찐득한 무더위도 살짝 내려앉았고, 돌풍 같은 태풍도 한숨 죽이고 살며시 빠져나간 오늘, 그런대로 예쁜 빗줄기가 시원함까지 연출해 주는 월요일. 그동안 서랍장 그림 그리기에 매진했던 열기를 오늘은 푹 쉬고 있다.

　쉬는데도 나름대로 이유와 철학이 있어야 했던 난, 그냥 오늘은 쉬고 싶었다. 자기가 하고자 하는 일에 최선을 다하는 모습은 세상에서 가장 아름답고 사랑스러운 자태라 한다.

　과연 종일 그림을 그리는 내 모습을 남편과 아들은 어떤 마음과 시선으로 바라봤을까? 아름다움보다 열정과 끈기가 있는 아내로 엄마로 보여지는 것이 난 더 좋을 것 같은데.

　다시 시작해야 할 작업을 앞두고 살짝 몸풀기를 하고 있는 이 맛도 싫지만은 않다. 곧 할 일이 있다는 것에 대만족하며 가볍게 글도 써보고 마음도 정리하면서, 다음 그림 주제도 상상해 보는 쉼이란 한 단계 더 성장해지는 기회가 될 것이다.

　그래서 어제도 좋았고 오늘도 좋았고 내일은 행복해질 거라는 자기암시를 해 본다.

2018년 9월 2일

　몸과 마음이 충족을 느꼈다면 그것이 행복이거늘, 그 행복은 찰나 찰나에만 맛볼 수 있고 느낄 수 있기에 매번 목마른 삶을 사는 게 인생이었다. 그런데 좀 더 화끈하고 길게 행복의 진수를 맛볼 수 있는 건 생각과 마음뿐이다.

　그 마음의 생각을 행복으로 붙잡으려면 안다미로 같은 넓고 큰 그릇으로 마음을 담고, 욕심의 상한선을 낮게 잡아 준다면 누구나 좀 더 긴 행복을 접할 수 있는 인생의 꿀팁을 얻을 수 있을 것이다.

　한번 맛본 꿀맛은 의지에 따라 계속 유지될 수 있는 것이 다행 중 다행이다. 친절과 사랑과 배려는 베푼 만큼만 돌아오는 것이 아니라 헤아릴 수 없을 만큼 크게 되돌아온다는 진리도 참 아름답고, 행복한 삶의 철칙으로 자리잡고 있는데, 그것 또한 행복이 아니겠는가. 결코 먼 데가 아닌 내 주위에서 얼마든지 만들고 느끼고 취할 수 있는 행복은 내가 제조자임을 잊지 말아야 할 것이다.

　점점 높아지는 하늘에서 아침 저녁으로 작은 살새바람이 불어오는 것도 행복이다. 점점 다가오는 가을의 입김이 얄미울 정도로 아름답게 느껴지는 오늘이다.

엄마 마음

2018년 10월 5일

가을 문턱이 꽤 높을 줄 알았는데 이렇게 스리슬쩍 와 앉을 줄은 몰랐다. 시원함이 며칠 지나면 써늘함으로 내려앉을 것 같은 요즘 날씨가 꽤 좋다. 조금씩 나뭇잎 색깔도 변하려 하고, 기막히게 푸르고 높은 하늘엔 뭉게구름이 참 예쁜 초가을이다.

10월 초면 어느 정도 단풍이 들 것 같아 엄마 아빠랑 같이 갈 가을 여행을 계획하고 있는 기특한 아들. 셋이 떠나는 가을 여행에 단풍이 시원찮아도 어떠리. 태풍의 여파로 폭우가 쏟아진들 어떠리. 세 식구가 떠나는 가을 여행은 모든 조건을 제압할 수 있는 아름다움과 사랑이 있기에 그것이면 충분히 만족스러운 가을 여행이 될 것이다.

이번 가을 여행은 경북 청송을 시작으로 주위에 있는 아름다운 곳을 돌아보고 올 참이다.

아들! 일찌감치 가을 여행 계획해 둔 거 고맙고 고맙다. 한 해도 빼놓지 않고 찾아갔던 칠갑산 장곡사도 다녀올 것이고, 순천만 갈대숲도 잊지 않고 있다.

가을이면 바빠질 엄마의 발걸음이 더 빨라질 것도 같은데. 그림도 그려야 하고 화음회 여행도 해야 하고. 그래서 즐겁고 너무 좋다, 이 가을이.

2018년 10월 26일

모든 산천초복이 예쁜 색으로 치장하기 바쁘고 가을 하늘이 눈부시게 푸르른 10월에 내 아버지는 갑자기 서둘러 눈을 감으셨다.

큰딸인 나하고 새끼손가락 걸며 약속한 그 약속도 지키지 않으시고 그냥 속절없이 떠나셨다. 난 어찌하라고, 그 약속만 철석같이 믿고 있는 난 어찌하라고. 약속했던 8년의 세월을 난 어찌 지내라고 그냥 훌쩍 가버리시는 겁니까?

경황없이 보내 드린 엄마의 애달픔이 너무 커서 아버지는 계속 내 곁에 오래 머물게 하고 싶었는데, 큰딸의 간절한 소망을 어찌 허망하게 내치시고 가셨는지요. 그리도 엄마 곁이 그리우셨습니까? 매일 애타게 찾으시던 엄마 곁에 계시니 편안하고 좋으시던가요.

그럼 약속 안 지키고 서둘러 떠나신 아버지 많이 용서해 드릴게요. 그런데 아버지가 많이 보고픈 이 딸은 어떻게 마음 다스리며 슬픔을 머금고 살아야 하나요. 곱고 고우신 모습으로 밤새 인생을 마감하신 내 아버지, 많이 보고 싶고 그립습니다.

그리움으로 채색된 달무리가 더욱더 애달프게 제 곁에서 눈물짓고 있습니다. 그리우면 그리운 대로, 생각나면 생각나는 대로 내 마음 가는 대로 아버지를 보고파 하겠습니다.

편안하게 아버지와 엄마께 큰딸인 제가 마지막 인사 올립니다.

엄마 마음

2018년 10월 28일

　자주 만나도 덤덤하고 다시 만나도 그만 안 만나도 그만인 그런 인연들이 있다. 하지만 각별한 소식도 안부도 없었던 그런 인연인데도 그리움이 피어나는 보고픔이 있는 아련한 인연들도 있다.

　나도 그 어느 누구에게 어떤 인연으로 생각되고 있을까? 가끔 나를 돌아보고 반성도 해 보는 그런 시간을 가져보고 싶어진다. 나이가 먹어서일까, 아님 이제야 철이 들었음일까. 소중하게 자신을 사랑할 수 있는 시간을 만들게 되었다.

　생각 없이 내뱉은 내 한마디에 상처를 입고 마음 아파한 사람은 없었는지. 내 두 눈으로 누군가에게 눈치를 준 적은 없었던가 하고.

　엄마가 나이 들어 느끼고 반성해 보는 이런 자세들을, 아들은 젊어서부터 주위를 챙기고 마음을 주는 부드럽고 고마운 인간미가 풍기는 멋진 남성으로 자리 잡았으면 한다.

　그렇게 사회인으로 자리매김하는 아들이 되길 바란다.

　엄마가 아들에게 바라는 바람이란다.

2018년 11월 4일

가을 향기가 입안에 머물다 목줄기를 타고 내려간다. 눈부시게 화려한 가을이 내 눈에 머물다 소리 없이 눈물 되어 내려간다.

예고 없는 이별로 몸부림치던 이 가을도 눈치를 보는 아련함과 애잔함을 보인다.

해거름의 노을도, 내 마음 붉게 불태우던 석양도 온 천지를 불타게 만든다.

노라면 노란 대로 붉으면 붉은 대로, 갈변된 건 갈변된 대로 제각기 색깔을 내다 슬며시 저물어 버릴 가을이여.

그렇게 그리운 아버지 먼길 떠나시고 기약 없는 보고픔과 그리움만 가득 채운 이 가을이기에, 잔인한 이 가을이 가고 그리움도 잠재워지거들랑 그때나 봅시다.

가을님이여, 언제가 될는지는 몰라도.

엄마 마음

2018년 12월 8일

올 TMP 32기 송년 모임은 홍콩과 마카오 여행으로 대신했다.

10년의 세월이 녹고 녹아 숙성이 잘 되어 기포가 예쁘게 올라온 듯한 아름다운 그녀들과의 여행은 기쁨 그 자체였다.

하루하루 바삐 돌아가는 시간도 너무 아쉬웠고, 웃음과 함께하는 대화 속에선 진한 정감이 묻어났다.

여행이란 서로를 보듬고 빈틈도 채우고 나눌 수 있는 영혼의 심지가 될 수 있기에, 난 여행을 참 좋아한다.

설레게 하는 삶은 여행이고 해오름이다. 마음도 이따금 쉼표가 필요하기에 가끔 휴식과 쉼표를 허락하는 여행이 있기에 지금 삶의 활력을 채울 수 있는 것 같다.

이번 여행에서도 난 많은 쉼과 원우들과의 사랑과 배려와 아름다움을 체득하고 온 고마운 기회였다.

같이 사랑을 나누고 행복을 만끽하며 아름다움을 느끼게 해 준 원우님들, 진심으로 감사합니다.

2018년 12월 9일

어제는 아버지 49재였다. 벌써 7·7재가 지나 막재까지 치르고, 오늘은 엄마 아버지가 계신 수목장에도 다녀왔다. 두 분이 나란히 계시는 비석을 보니 꿈을 꾸고 있는 것만 같았다.

밤새 안녕이라는 말이 이렇게 적절하게 쓰일 줄 몰랐던 나는 갑작스런 아버지의 부음을 받아들일 수가 없었다. 어제도 내 볼에 입맞춤을 해 주셨던 아버지, 저녁식사도 맛나게 하셨다는데, 아버지의 영면길에 통곡했던 것이 어제 같은데 이젠 49재도 끝났다.

엄마 곁이 그렇게 좋으셔서 발걸음을 재촉하셨는지요.

개똥밭에 굴러도 이승이 좋다는데, 엄마 가신 지 일 년여 만에 아버지까지 먼길 떠나신 지금, 제 마음도 헤아려 주시며 가셨는지요.

많이 보고 싶습니다. 뜨거운 가슴으로 안아보고 싶습니다. 아버지, 이제 이승에서는 뵐 수 없는 엄마 아버지이시기에 더욱더 가슴이 미어집니다.

부디 그곳에서 두 분 편하고 행복한 꽃길만 걸으시길 기도하며, 제 엄마 아버지가 되어 주시고 길러 주셔서 감사하고 고맙습니다.

엄마 마음

2018년 12월 20일

　남서풍이 훈훈하게 불어올 것 같은 오늘 오후에 그립고 사랑스러운 뉴욕 식구들이 할머니, 할아버지, 삼촌을 보러 한국 나들이를 온다.

　손꼽아 기다리던 그 많은 시간들이 무색할 정도로 그리움이 끝나는 때가 오늘이란다.

　환자들을 몰아서 보느라 정신없이 바빴을 우리 딸과, 떠나기 전날까지 수영시합에 학교시험까지 치르고 오는 두 손자가 기특하고 안쓰럽고 사랑스럽다.

　시차 적응도 없이 바쁘게 몰아칠 스케줄을 잘 마무리해 주길 바라는 마음으로 공항에서 그들을 기다린다.

　기다리는 흥분된 마음이 행복과 사랑을 만들어 낸다.

　공항에서 쓴 편지, 오늘에서야 띄우네.

2018년 12월 29일

매일 아침마다 서로 번갈아가며 정성들여 커피를 타주던 우리 손주들, 뉴욕에 잘 도착했다니 반갑고 고마운 마음이다.

그 멋지고 맛난 레스토랑에 가서도 할머니표 장조림이 있으면 더 환상적일 거라고 말해 주던 큰 손주의 해맑은 표정과 입모양을 난 잊을 수가 없구나.

너무 행복하고 황홀해서 가슴이 울렁거릴 정도였으니, 그 몇 겹의 사랑이 내 마음속에 켜켜이 쌓여 있단다.

사랑하고, 그립고, 보고 싶고, 끝도 한도 없이 소중한 뉴욕 식구들이여, 열흘간 세상에서 가장 소중한 선물을 안겨 준 그 사랑, 영원히 잊지 않을 것이다.

손주들이 타준 커피 향엔 사랑이라는 마약을 듬뿍 담았는지 세상에선 맛볼 수 없는 꿀맛이었건만, 오늘 남편이 타주신 커피는 손주들의 마약이 빠진 그냥 사랑의 커피였드라네요.

꿀맛 같은 커피 아침마다 서로 경쟁하면서 타주던 우리 손주들, 하늘만큼 땅만큼 수평선, 지평선만큼 끝없는 사랑 잊지 않고 영원히 가슴속에 품고 있으리라.

엄마 마음

2018년 12월 31일

2019년 기해년이 곧 문을 두드릴 텐데, 난 참 낯설다.

숫자도 낯설고 해가 바뀌어 새 캘린더 앞에 서 있을 걸 생각하면 내가 나에게 다짐을 받고 싶어진다.

올 한 해는 진심으로 자신에게 숙제하듯 살지 말고 축제하듯 살아보자고. 기해년을 선물처럼 받아서 보물처럼 알차고 빛나는 보석처럼 살아보고 싶다.

내 마음과 자신에게도 인격을 높일 수 있는 진실된 시간을 갖고 싶고, 좋은 인연과도 얼굴이 먼저 떠오를 수 있는 그런 존재가 되도록 힘써 볼 참이다.

가슴속 빗장도 활짝 열고 기쁨과 고뇌를 같이 나눌 수 있는 그런 동행자들도 많이 만들고 싶다.

물론 그림도 열심히, 합창도 열심히, 기도도 열심히, 모든 일에 최선을 다하면 멋지고 희망찬 한 해는 나에게 크나큰 결과를 선물할 것이다.

그런 희망과 소망을 확신하며, 올 한 해를 마무리하련다.

2018년이여, 안녕!

최윤주
작품 세계

민화 · 도자기

엄마 마음

엄마 마음

엄마 마음

엄마 마음

엄마 마음

엄마 마음